主编　凌翔　　　　　　　　　当代作家精品·诗歌卷

听风的日子

郭轩宇　著

线装書局

图书在版编目（CIP）数据

听风的日子 / 郭轩宇著. -- 北京：线装书局，
2022.12
（当代作家精品 / 凌翔主编. 诗歌卷）
ISBN 978-7-5120-5316-8

Ⅰ. ①听… Ⅱ. ①郭… Ⅲ. ①诗集－中国－当代
Ⅳ. ① I227

中国版本图书馆 CIP 数据核字（2022）第 238314 号

听风的日子
TINGFENG DE RIZI

作　　者：郭轩宇
责任编辑：崔　巍
出版发行：线装书局
地　址：北京市丰台区方庄日月天地大厦 B 座 17 层（100078）
电　话：010-58077126（发行部）010-58076938（总编室）
网　址：www.zgxzsj.com
经　　销：新华书店
印　　制：涿州军迪印刷有限公司
开　　本：787mm×1092mm　1/16
印　　张：15.5
字　　数：173 千字
版　　次：2022 年 12 月第 1 版第 1 次印刷
定　　价：69.80 元

线装书局官方微信

现代汉语的音乐性空间（序一）

——序郭轩宇《听风的日子》

杨克

"关关雎鸠"，"喓喓草虫，趯趯阜螽"，三千多年前，那些我们今天不知道他们名字的诗人说出千古绝唱，被采诗官收集，经孔子删削，成为《诗经》之时，我想象他们的诗作是吟唱出来的。乡野村夫（妇）彼时识文认字者极少，听见蝈蝈蟋蟀叫，蚱蜢蹦蹦跳跳，便跟随那鸣声和跳跃的节奏哼唱，哪怕今天诵读，诸如"蒹葭苍苍，白露为霜，所谓伊人，在水一方"，诗极具语音强弱、语感调性、语气时长和平仄音色等要素。可见诗从一开始与歌就是孪生，相伴相随。发展至宋词、元曲，诗与歌其实就是一体。

中国的"经"来自大地，来自人间，来自日常生活，关乎社稷苍生，为天地立心为生民立命。郭轩宇既是诗人，也是歌者，他填词的《让爱满天下》是 10 年前为 512 汶川地震抗震救灾而作，后在南方电视台 TVS3 台迅速传唱，这首象征着人间大爱的歌曲，在华人中点燃爱的火种，传递温暖真情，郭轩宇也被歌词界称为"大爱才子"。而广州亚运会等，由他作词的歌曲《起来更精彩》经谭晶演唱会，至今在广州一直传唱。

而那位时常眉头紧蹙、操着一口破锣嗓子、脖子上架着布鲁斯口琴的来自明尼苏达州的年轻人，改变了 20 世纪 60 年代音乐的面貌。他就是鲍勃·迪伦。2016 年，他凭借自己在音乐和诗歌方面的才华，拿下了诺贝尔文学奖。成为了历史上第一位拿下诺贝尔文学奖的歌手。可以说，诗歌中的音乐性成了一种杀伤力极强的软武器。诗是富有意象、高度凝练的语言艺术，而音乐则是以声音来表达情感的艺术形式，我几十年前就曾著文言说，音乐可能是唯一比诗更玄妙，更由简致繁的创作。诗毕竟需要几千个上万个字和词来完成，而音乐仅仅那些音符，那些个音阶，就变幻无穷。情感恰恰是诗歌和音乐的第一要素，对于诗人和音乐家来说，他的最重要任务就是在情感的这匹心灵之马的驱使下，去寻觅选择富有表现力的大草原，并在有效的组合中体现辽阔的、动感的美。

而在鲍勃·迪伦获奖之前十几年，谢冕先生编选的世纪诗选，已收入崔健部分摇滚歌词，想必亦是基于原创性、思想性、语言张力等要素考虑。

诗歌为何物？仿佛是天外来物，又仿佛心海来潮，来自于滚烫的血液。

对于郭轩宇来说，音乐是他和世界交谈的一种方式，而诗歌则是他叫醒世界的一种方式。

譬如，他的《清晨，我被一只乌鸦唤醒》

　　或许是都市尘嚣的吵闹
　　逐步掩埋起神经脆弱的轻贱
　　抑或是那些纸醉金迷的诱惑
　　烧毁了内心深处可怜的梦想
　　总之，我已经习惯
　　习惯在酒醉中沉迷
　　习惯在酩酊后沉眠

如此，家人们便会看到一缕香甜

还有一些人类的慰藉

而我也慢慢习惯了这种习惯

习惯在习惯中麻木

习惯在习惯中老去

今天，不

就是在今天的这个清晨

一只乌鸦居然伫立在我的窗口

它用乌黑的身体

向我展开了一次乌黑的进攻

特别是那张乌黑的嘴

透过坚硬如铁的玻璃

开始啃噬起我斑驳的脑壳

在一个乌黑的树洞里

我惊恐地与这个乌鸦对视

试图从这一袭乌黑的物件上找寻光亮

也期盼混浊呆滞的眼眸能够返老还童

重新乌黑成儿时的天真和清澈

在约定俗成的世界

乌鸦总以邪恶的影像示人

特别是那骇人的嘶叫

足矣让世界惊醒

气定神闲之后

我多少有点恼怒

凭什么在这样一个安逸的早晨

你非要灼痛我的我的双眼

把我从甜美的迷梦中吵醒

倒是那黑如钻石一般的眼眸

给出一些冷峻的力量

让我的思想重新变得坚硬

　　在他的诗歌里，我们很容易发现音乐因素的出现——比如"习惯在习惯中麻木，习惯在习惯中老去"，比如"习惯在酒醉中沉迷，习惯在酩酊后沉眠"，你会发现，哪怕是在借乌鸦的歌喉，他依然能带给我们很多哲理上诗的启发。而繁复叠沓的句式，是他诗歌中的音乐性极强的辩识度。可见诗人强化诗的音乐质素。

　　音乐性与空间感有很内在的关系。

　　又譬如，他的《清晨，我看到一片树叶倒塌》：

今天，有一片树叶

飘落在清晨的眼里

不，是一个生命的倒塌

盎然于心底的卑微

在这垂死的前夜

有声音在传递

那是一个濒死的捷报

薄如蝉翼的生命

是攥不住的光辉

瞬间躺平在自己的身体

徜徉于灰白的大地

残破的身子有些金黄

向季节申诉

是岁月的无情熏染了庄重

还是轮回的痛苦焕发出生机

没有人会在乎这样的飘落

也没有人在乎谁的消逝

包括我们自己

一切都平静如常

就像麻痹的灵魂

一半在呻吟

一半在欢呼

毕竟经过春夏的洗礼

也曾随风舞蹈

壮丽过曾经的酮体

在翠绿和泛黄的冲突中

守卫根的尊重

我们知道，古诗的节奏是四言二顿，五言三顿，七言四顿，以此构成鲜明的节奏，读起来琅琅上口，富有格律性。而现代诗，它的音乐美的和谐不但是外在的节奏，还应当与诗的内在节奏相互一致，并成为内在节奏的自然体现。"情发于声，声成文谓之音"，和谐的音韵，鲜明的节奏，也应是现代诗特有的气息。"一半在呻吟，一半在欢呼"，郭轩宇这种语言上的重复，像对称的蝴蝶张开了匀称美丽的翅膀，又像交织一起的抒情乐曲一样复沓，听起来悦耳、和谐，又加重了诗的抒情色彩。郭轩宇很是喜欢有规律地出现一些相同或相近的音响，然后使那些看来相互陌生的字与词彼此挽起手来，像一对对雨中浪漫情侣慢慢走向音乐的广场。

与诗集同题的《听风的日子》，就是通过出色的"节奏"安排来形成"音乐性"的一个范例：今夜——我的梦——悠长——而真美，眼前有——微微的——灯，还有——闲散的——人，走在——静静的——城际，一个人——两双手——，怀抱着——那把——失声的——琵琶，反弹——成韵，弦上——扬起的——缕缕——清波，成就了——世上——最美丽的——温柔。这些句子既整齐流畅，便于吟诵，又曲径通幽，含蓄深沉，这分明就是风吹稻香的悠长和声。

诗歌，在郭轩宇这就是音乐回响中折返的东西。

从一个词的音效，到一首诗的回响，诗中有一以贯之的音质。

然而，今天诗与歌词毕竟已经分野，诗是读者夜深人静时反复揣摩的阅读体验，它更强调表达复杂的内在经验，理解和挖掘诗人埋藏得更深的意味，品味文字上的感觉，讲究艺术的质地。并不需要像歌词那样，意思一听瞬间就明白。诗也不受曲谱的制约。故而郭轩宇诗中大量出现的下一段与上一段结构上呼应，下一句与上一句意境上的应和，甚至节奏、语感、格式都几乎一致，在今后的写作中应予以注意。回旋反复只能偶尔为之，下一句、下一段，应该是递进关系，写另外一层发现，不需要歌词那样跟前面有句子形式上的关联，及对同一个意思再做阐发。

评论家西渡曾说"在一首诗中，声音往往是一个决定性的因素，声音的变化却具有无穷的可能性。独特的声音既是诗人个性的内在要求，也是对诗人创造力的一个考验"。面对郭轩宇的视觉与听觉构建的双重世界，陷入深深的思考中，这种思考伴随着对郭轩宇的音乐性文本的阅读而逐渐走向心灵的深处。郭轩宇以他的真诚歌颂，以他淳正、高远的抒情，彰显出压抑已久的、埋藏在灵魂深处的一个人的深情，也呈现了他对世界、历史和生命的多重体验。

（作者系著名诗人，国家一级作家，现为中国诗歌学会会长）

消费时代的另类诗意（序二）

亓安民

　　著名诗人王敖在《读诗的艺术》序言中有一个很有意思的观点，他认为诗歌表面的软弱有时候也是它的强大，它退却到你的内心，在底线处发出声音，但却能帮助你生活，让你做个不同的人。王敖说："当代各种文化声音对诗歌的贬抑，反映的并非诗歌的衰落，而是人们对生活的不耐烦。"在当今这个时代，"当意义体系和价值标准极不稳定，诗歌并没有被新兴媒介排挤到一个平面的边缘，而是变成了金字塔的底座。"在这样一个喧嚣纷扰、物欲横流的时代，在这个诗人也像"超女""快男"一样靠炒作成名的时代，在这个诗歌进入市场、诗人精于运作的时代，还有一些真正的诗人让诗歌退却到内心、在底线处发出声音。郭轩宇当属此类。

　　夕阳在山的另一侧沉落，黄昏的笼罩并没有马上带来黑暗，而是催生一种宁静。山风徐来，一片火烧云挂在房门东南的方向。园中的鸟未曾鸣叫，不远不近地与我保持着距离。坐在黄昏的宁静里，阅读轩宇发来的诗歌，感到非常认同、喜悦和振奋。我仿佛远离现在，回到那些久远的黄昏，仿佛在麦田边缘的牛路上，听着夏虫的鸣叫回家，那种静止的感觉是生命的片刻停顿。在我心中流淌的已不是诗句，而是清风掠过一样的情怀。

　　托马斯·曼曾经十分惬意地说："斜躺在沙发上整天阅读叔本华。"这是他阅读叔本华时的美妙感觉。其实，我们也应该选择一个清凉的夏日，坐在黄昏的庭院里阅读轩宇，任满山鸟鸣伴随微风氤氲内心。

和轩宇认识近三十年时间。我们是战友、诗友和酒友，兄弟之情甚笃。轩宇写诗、写歌，也写散文、报告文学。他创作的歌曲作品被谭晶、张也、刘媛媛、白雪等著名歌唱家广为传唱，他的诗文也均结集出版。最近，他的新一部诗集即将付梓，约中国诗歌协会会长杨克老师和我写个序，我非常荣幸。写序当然是杨克老师的事情，无论作为"第三代"诗歌的领军人物，还是中国诗歌学会的会长，杨克老师均当之无愧。而我，作为轩宇的至交，也借此机会写一些感想吧。

郭轩宇是一个具有深远历史文化视野的现代诗人。21世纪，在类似"下半身""垃圾派""低诗歌""废话诗"泛滥，"梨花体""乌青体""羊羔体"多次形成文化事件，各种惊世骇俗、颠覆人们对诗歌认知范围和底线的"极端性写作"诗歌主张大行其道的背景下，他的创作一直坚守着中国诗歌的伦理底线。

轩宇的作品以一种坚决的态度摒弃"极端性写作"。"极端性写作"是评论家张清华先生提出的一个概念，目的是与"先锋性写作"进行切割。张清华指出："在今天，如果说还有前卫写作的话，我认为主要是体现在'极端性文本'的写作方面，但'极端性文本'并不一定就有思想和艺术上的超越性，不一定必然具有引导诗歌潮流的先锋性，它的作用和性质甚至可能是破坏性的，这是一个奇怪的现象和悖论。所以我主张用'极端性写作'的概念取代'先锋性写作'的概念，这样比较客观一些。""先锋性"绝不等同于"极端性"，先锋往往意味着自由和创造，是诗人和诗歌内在的美学价值取向与艺术立场，而极端性十之八九是一种虚张声势、搏出位的自我炒作，是为了流量出名或者哗众取宠。

"暗淡的风景一如坍塌的生命／迅即迷茫双眼／我知道，有一个物件／将在我的生命里消失"。（郭轩宇《有感于一个物件的消失》）明白晓畅，言之有物，和"五四"以来中国现代诗歌的传统和美学规范一脉相承。

"生命是一条宏大的河流／没有伟大与卑微的刻度／也没有高尚与低贱的分界／在称心与无奈之间／我们都努力地寻找一片光／还有那些鼓舞我们行走的精神／或者诱惑欲望出走的灵魂"。（郭轩宇《活着——观〈人世间〉有感》）他在创作中极少使用隐喻、深意象、象征等现代主义的写作方法，尽可能避免文字的晦涩与荒诞。但这一切都达到了"文字明白，含义蕴藉"的美学要求。这种俊逸疏朗、简捷轻快的诗歌质地，让读者感受到一种久违了的文化气象。这是消费时代的另类诗意，是与我们这个时代诗歌创作中的萎靡、颓唐之气完全不同的一股清流，在当下的汉语诗歌创作中弥足珍贵。

"卡佛的作品中我认为最了不起的地方，是小说的视点绝不离开'大地'的层面，绝不居高临下地俯瞰。不论看什么想什么，首先下到最底层，用双手直接确认大地的牢靠程度，视线再从那里一点点上移。"这是村上春树在评价卡佛时说过的一段话。这段话拿来评价郭轩宇的作品也十分的恰如其分。

"随着法锤庄严的定音／人们最终看到了正义的光芒／2000个昼夜的等待啊／让多少善良的人们流尽了眼泪／也让多少幸灾乐祸的人笑弯了腰"。（郭轩宇《迟到的正义——写在刘鑫案审判之后》）轰动一时的刘鑫案宣判后，轩宇没有犹豫，立刻以诗歌发出了自己的声音。"正义来的确实有些晚／历时五年的等待／终于唤来了沉重的回声"。（郭轩宇《迟到的正义——写在刘鑫案审判之后》）阅读这首诗，仿佛进入了一个个结界，那种沉重、无奈和困扰不断向我们袭来。我们摆脱不了，走不出来，也无法抗拒，那种无力感让我们不断沉入谷底、深渊，又浮上来。在心灵被反复摩擦、踩蹦后，终于看到了一丝微光。轩宇的作品中，总是把一个个普通人的名字嵌入到文字里，有母亲，有亲人，有南京大屠杀中的遇难同胞，也有刑事案件中的受害者。那些在生活洪流中闪光的或黯淡的名字，都在他的诗歌中放射出光芒，成为他创作的素材甚至主体。对存在的触及，对生活境遇和具体经验的发现与介入，对我们这个消费时代诗意的高度敏感与关注，这样创作出来的作品，才能与存在的真相发生摩擦并产生快感。

轩宇是个现实的批判者。他十分关注日常、关注细节、关注当下的感受。他的诗是对生活的深度介入，他泰然地走进生活现场，以笔为剑，直接剖开生活的画皮和伪装，尽力展现存在真相中赤裸裸的不堪。但他又不是传统的批判现实主义者。他的作品积极触及具体的生活，发现和关注当下那些所有人都似曾经历但未曾写出的经验，是那种诞生于这个尘世又超越它的诗歌，每一篇都充满现代性，都试图通过诗意的表达，达到一种理想的状态。诚如威廉斯所言："无需观念，只是在事物中。"

我们生活在一个钢筋混凝土包裹着的世界，蔓延的物欲使人类迷失了心性。虽然人类对诗歌的探索并未停止，但诗歌也越来越远离人类的心灵。轩宇的这一部诗集是回归也是扬弃，是承接也是坚守，是对一种崩塌的诗歌信念的重建，也是对诗歌回归之路的探险。

"今夜我的梦悠长而真美 / 眼前有微微的灯 / 还有闲散的人 /

走在静静的城际"。（郭轩宇《听风的日子》）"风是时间的河流 /
每一次毫不经意的掀翻 / 都把昨天变为今日"。（郭轩宇《时间或
者风》）轩宇试图用诗歌的眼睛看穿生命的本质，仿佛每一个词
都经历了痛苦的锻打和淬炼，那些喧嚣和沉寂、阳光和阴影、正
午和黄昏，都从心里流过。这样的诗句让我们看到一个诗人目测
和把握生命的眼光与能力。

　　"一个钢筋水泥堆砌的魔方 / 伴随着下水道不规则的咏叹
/ 让无奈的生命在垂死前挣扎 / 这些舞动着文明招牌的城市 /
看不见人性的流淌 / 也没有灵魂的温度 / 伫立的废墟没有表
情 / 鼓励着我逃脱的方向"。（郭轩宇《由钢筋水泥想到的救
赎》）"在与树干剥离之际 / 我被无情的甩离母体 / 苟活成各
种形式或模样 / 灿烂地挺立于橱窗 / 陈列在盛开的欲望里 / 那
些炙烤的疼痛 / 还有蒸煮的煎熬 / 都随着压迫的快感 / 辉煌成
一道道风景 / 装饰在你兴奋的眼里"。（郭轩宇《一片茶叶的
诉说》）

　　卡夫卡说："主观的自我世界和客观的外部世界之间的紧张
关系，人与时代之间的紧张关系是一切艺术的首要问题。"轩宇
的诗也试图揭示现代社会人与人之间的隔膜感、灵与肉的分离感。
在物欲横流的当下，财富把人的躯体带到了远方，却把他们的灵
魂留在了出发地。用什么来实现现实与物质的超越，用什么来实
现人类精神的重构？我们只有用诗歌点燃一盏心灯，照亮自己，
照亮灵魂。

　　评论家王士强在《伪繁荣，伪创造，伪自由——当今诗歌写

作批判》一文中认为，当今诗歌创作存在四个问题：小圈子化、伪学院化、反道德化、泛口语化。文章批评某些诗歌创作"貌似高雅、高贵，实则空虚、堕落、乏味，即使不是对于读者的欺骗和肆意侮辱，也是某些狭隘的美学趣味的畸形发展，它使得诗歌离时代生活越来越远，最终成为完全个人化、私人化，与道义、担当、责任无关的一件事情。"读后颇多同感。

对崇高的躲避和诋毁源自对意识形态写作的厌恶，"躲避崇高"一词来自王蒙对王朔小说的定位，在文坛影响深远。自此，"玩文学""痞子文学"盛行，此风也波及诗坛。其实，王蒙要消解的是虚假的崇高，是那种整天把崇高挂在嘴上写在脸上的虚伪。而王朔所要做的是拒斥一切形式的崇高。他曾将文艺复兴巨匠彼得拉克的名言"我是凡人，我只追求凡人的幸福"改为"我是俗人，我只追求俗人的快乐"。"躲避崇高"反映了我们这个时代精神生活的特征。而对解构的热衷让诗人逐渐淡化了对社会生活的使命感、参与度和话语权，也让诗歌成为个人化的窃窃私语。

而轩宇的诗歌则把"第三代"诗歌以来消解了的价值体系进行了重构。但他建构的不是基于意识形态话语的价值观，而是人类几千年来孜孜追求的臻于至善的普世情怀。轩宇是一个极具古典精神的诗人，他的许多作品秉承了中国古典诗歌"诗言志，温柔敦厚"的价值取向，饱含知识分子建功立业的家国情怀。他把诗意的触角深入到人文历史和自然物象的深处，建构了一个属于他自己的诗歌系统。屈原、范仲淹、欧阳修、鲁迅等都是支撑他作品价值体系的巍峨雕像，风雨雷电、流岚虹霓、日月星辰、山河岁月、斜阳草树等都是他作品中经常出现的意象，黄鹤楼、醉翁亭、西子湖等都是他借以抒怀的载体，而母亲、亲友、普通人则是他作品的真正主人公。

"我要说 / 你这屈死的魂灵啊 / 面对这冰冷湍急的江水 / 你如此决绝的纵身一跃 / 到底是为了一个诗人的自尊 / 还是为了这渺渺千帆龙舟"。（郭轩宇《汨罗问屈子》）"在范公面前 / 我们既羞于文字更无颜表达"。（郭轩宇《夜画岳阳楼》）"古老厚实的城墙下 / 始终沉压着我屈辱的灵魂 / 特别是那些斑驳的石头 / 还有斑驳在石头上的苔藓 / 一直斑驳着历史的沧桑 / 随岁月经天纬地的流淌"。（郭轩宇《石头城祭》）"不该忘记也不能忘记啊 / 那三十万横死的魂灵 / 那些个人类疯狂的残酷 / 应该成为人类历史最可耻的暴证 / 被铭刻在记忆和精神的柱石"。（郭轩宇《石头城祭》）随意开阔的审美视野，天马行空式的恣肆，已经把文字深入到天下家国和历史深处。这样的文字具有真正的自由和神性，具有穿透精神世界和物质世界的质感和力度，不仅透出一个诗人的历史眼光和思想重量，而且总能让我们听到某种召唤。

诗人川美说过，好的诗歌不在于你怎样说，而在于你说出了什么。怎样说是技巧，说什么是智慧。轩宇的诗歌中蕴含着大智慧。有时候你会认为他的文字很粗犷、很随意，但细读之后，就会读出精神，读出力量，读出对生命自我的信念。

轩宇的文字是抒情的、感性的、个性化的，还有一种雕塑般的旷放，他经常通过白描揭示生活和心理细节，展现文字的纯粹和犀利。他的诗歌没有设计，没有破坏，也没有颠覆，而是用他的厚重和深刻剥离出赤裸的自己，实现对自由的自我拯救。一路写来，让人深感他的豪阔与侠义。

轩宇的这本诗集，笔触直入历史和现实，但思想并没有沉溺于当下诗歌创作的时代语境。他对这个时代进行了深度挖掘，他的深刻、精确与生动，为自己的文字找到了诗意的源泉。他用十分根性的语言揭示了那些根性的记忆，不仅坚守内心，而且让这种坚守成为诗化的心灵雕塑。轩宇告诉我们，诗人必须像尼采所说的那样，"在我们自己身上，克服这个时代。"我们有理由相信，无论走多远，无论挖掘的向度如何，轩宇的诗歌泉眼里都会源源不断地涌出清洌的净水。

（作者系《诗歌前线》总编辑）

目录

有感于一个物件的消失

暗淡的风景一如坍塌的生命
迅即迷茫双眼
我知道，有一个物件
将在我的生命里消失
那个曾经闪烁过灵魂的美丽
行色匆匆
最终还是没有逃避恶魔的追随
诞生于某个高处
猝死于某个角落
我想，这是一个物件的消失

现实的残酷总是反照着梦境
让我无法愉悦
我知道，有一抹神经
将在我的怀里死去
那朵曾经美丽过世界的骄阳
突然无光
淹没在一个城市的废墟
或苟延于残破
或残喘于病体
我想，这是一个生命的倒塌

在圣洁高贵的缪斯目前

我黯然失语

那个曾经优雅别致的颈项

还有那双迷魂动魄的眼眸

在灵动如簧的开合间

僵硬而死板

我知道，你是迷路了

是浮华的亮丽刺瞎了你的眼

是满身的铜臭迷惑了你的心

我释然，你一样也是一个物件

消失，或者被掩埋

要么坍塌成为一片废墟

或者堕落碎成一地瓦砾

2019 年 10 月 10 日凌晨写于广州南沙

告别秋天

以满目丰盛的姿势离开
没有仪式，甚至来不及道别
你便以另一种精神
由刚烈的青翠变成迷人的金黄
如一个蜜月里的新娘
几乎在一夜间
完成了生命的蜕变

面对下一个季节
你应该有过深思熟虑的考量
那遍野的萧杀
漫天的迷蒙
还有冰封的大地
这些横亘在你面前的皱褶
如年轮一般铺展开来
那是冬天的脚步
挟风带雪，嘴角上扬
凛冽出一个季节的恣肆

没有誓言，也没有表白
你执拗地裸露出身子

任由风吹雪打岁月轮回

如一幅岩雕

始终高昂着颈项

那坚挺的头颅

壮如磐石的肌肤

还有那双古铜色的眼神

穆然成一个世纪的英武

玉树，临风

写于 2019 年 10 月 9 日晨

咏荷

以独善其身的情操
伫立在风雨浸淫的风景
从容，淡定
无论绽放还是含红
即便是秋冷寒枯
也一样静听天声
凌波垂询如一群仙子

以中通外直的品性
为自己树一座丰碑
从不惊羡高贵的馈赠
也不接受浮华的绶带
无论身在何处
都会以坚定的信仰
净植我心

以与世无争的修为
沐然于所有的花红柳绿
任由百花争艳
终能安若处子
站风尘之中而不惹

依污浊腐败而自洁

不惧风霜

孑然挺立

2020 年 6 月 6 日写于广州番禺

林庭风吟

丛林里没有法则
只有天庭的讥问
风以乐章的形式
吟咏时代的祭曲
弱肉强食的岁月太沉
选择是无可避免的徒劳
惟在随波逐流的月光里
期待一次意外的猎狩

世界是黑暗叠加的森林
天庭如法外的净地
以风的模样送来暗夜的光辉
树以婆娑的婀娜
玲珑出伯牙的琴吟
知音难觅的世界
有泰山激昂的相遇
羽化成仙的过程太短
涅槃重生的路太长
只愿在当下
逍遥骑行

伯牙无期，自绝弦于生命

子期有知，当相逢于音律

斗转星移的岁月

追逐在欲望里高扬

遇见在狭路上相逢

追逐是一种过往

遇见是一种天合

2022年6月22日上午8时写于广州南沙时代南湾

村庄的记忆

岁月的牙齿很硬
或缓或慢的打磨着记忆
让儿时的村庄由浅变淡
在生命的深处出离
隐约还记得父辈的喧腾
苍茫而沉重
眼神儿里不灭的希冀
如一团永越的火
燃烧着村庄的希望
于我，或者我们而言
是一种旷世的激愤

告别村庄的那个冬天
我与庭院那棵梨树道别
语焉不详的仪式有些将就
如我一样瘦弱的村子
像一株不起眼的庄稼
毫无表情地为我送行
那一刻的时光
摇晃着始终的记忆
或留恋，或展望

或思念，或怀想

岁月是一个没有表情的恶魔
总以不可抗拒的力量
捣毁人类，还有属于我的村庄
在遭遇一次次疯狂的洗劫之后
那些狂妄和卑鄙
早已弥漫了每一个角落
愚昧且沉迷
如一幕幕活剧
开始在村庄轮演

当年的村庄很近
依偎在温暖的炕头
村庄就睡在我的心上
现在的村庄好远
远到我无法找到牌坊
哪怕是一个影子
或者一缕记忆

写于 2019 年 10 月 3 日午时

生命随想

多想攥住一些时光的脚步
让青春多一次激昂的回放
然而，在生命的列车里
我们几乎来不及思索
就会恍然地被送到下一个月台
那个目标清晰的终点
在一次次不经意的颠簸中
还有那一站又一站的停靠间
慢慢变得模糊和晦暗

我们这是要去哪儿
还是要去干什么
到底是搭错了车
还是选错了路
或许，在生命的每一个停跳间
我们都会有一些质疑
甚至会生出不怀好意的愤怒
但时光执拗
永远都像一列没有终点的火车
只要汽笛一响
不管你是昏睡还是迷茫

它都会一如既往的开出
让你无奈地成为前景
或者成为倒影

在岁月面前
我们永远渺小而瘦弱
那些所谓的青春与豪情
都是无知和自大的佐证
谁不想万绿丛中一点红
谁不想出人头地独秀一枝
然，我们最终都会融入时间的河流
随波流淌
想想那些浪花和流水
或湍急，或缓慢，或耀眼
但在流动的画面中
依然都是短暂的风景
如沧海之一粟
平静而朴实
慢慢地成为过去

由是，我们没有理由不汇入江河
在茫茫的人海中
在人头攒动的拥挤里
行走，张望

写于 2019 年 9 月 24 日凌晨 5 时

我的兄弟是农民

在车水马龙的城池里
在五光十色的殿堂上
在推杯换盏的光影间
在尔虞我诈的交往中
我尽可能地让自己迷失
尝试着把灵魂挤兑的没有方位
酒精很好，可以把心智麻醉
让眼睛迷离在霓虹的暗处
于是，一个沉醉的物种开始腐烂
淹没在一个不知归路的途程

可我，总还记得我有个兄弟
还有个年迈瘦弱的母亲
他们依然依偎在柴堆与烟火旁
几乎没有什么想像
那就是人们概念里的农村
还有主宰这里的农民
像一幅永不褪色的油画
时常悬浮，在我的眼前晃荡
我因此很难控制自己的脚步
不断地向那片贫瘠和困苦延伸

移动有时是痛苦的

特别是当一个念头踏出了封地

那个下午的天气一点都不晴朗

在村口歪曲不平的乡村小道

我与一个清晰也模糊的影子相遇

这似乎强壮的有些猥琐

似是而非的面目陌生而熟悉

衣服是分不清的黑灰或者灰黑

我突然发现这就是我的兄弟

惊诧之后的瞬间

我没有一丝欢喜

即使在气定神闲之后

心依然有些刀绞般的疼痛

这就是我的兄弟么

我其实没有刻意寻找什么

甚至也没有探究其中的意义

我只是想看看当年离家出走的小院

再看看已是耄耋之年的母亲

还有那缕张扬着庄稼人念想的烟火

时间在停跳之间

挫痛着我的脉搏

思想苍白的毫无血色

语言在这里已尽麻痹

或许就在这失意的片刻
那个黑灰的身影已经与我对面而视
目光呆滞的有些天真
手脚不停地做着某些姿势
脸和胡须应该黏连了太久
这就是我的兄弟吗

是的，是的，真的是的！
这就是我的同胞兄弟
一个坚守在农村的农民
你看他那被庄稼压弯了的腰身
你看那被烟火熏黑的脸皮
还有如树枝一样粗糙的双手
不就是他吗
由是，我想到了城市
想到了庄稼和粮食
想到了所谓的文明和理想
想到了生活和生命
由是，我终于明白
与农村捆绑的不仅仅是愚昧和落后
还有情感和梦想
他们，是我的兄弟

写于 2020 年 2 月 4 日下午 6：28 河北涿州

我想

我想，我想远方飘来一些微笑

循着山谷慢慢敲响

那个时候碧水蓝天霞光万丈

哦，这是我的梦境吗

依稀看到了起伏的山峦

那是蜿蜒盘旋着的生命

如果我可以飞越

我真想让灵魂的花朵绽放

我想，我想听到一曲和谐的乐章

那些令人愉悦的声浪

以云朵飘逸的姿势

唤起天籁一般的回响

这样，我就会看到满目的秋色

在田野上摇晃出丰硕的翅膀

还有那山林深处的布谷鸟儿

为大地吹奏起欢乐的飞扬

我想，我想在旭日初升的正晌

拿起画笔临摹一刻的金黄

素描一缕阳光或一抹树梢

这样的景象该有多么舒畅

哦，或许我应该站在山峰之上

以天空为纸

用多彩的云朵装点

创作一幅旷世的奇想

我想，我想在大雨滂沱的晚上

乘一叶小舟出海

不要扬帆，也不用摇桨

既不垂钓，也不远航

我只想沿着一些规则的起伏

还有那些诡异的波浪

寻找那抹月色

梳理一些行走的方向

写于 2020 年 2 月 5 日早晨 8：20 河北涿州

登黄山鲁与丫丫邂逅

——致苏格拉底

端坐在黄山鲁的制高点

俯瞰着珠江口暗涌的潮汐

你一脸踌躇

用你传世经典的提问

穿越时空中所有的稻浪和麦田

让昂扬的生命再一次点燃

在苍茫的宇宙深处

在空旷的雪野尽头

在崇高的喜马拉雅之巅

在神圣的雅典神庙的石级上

在柏拉图建构的理想国

让欲望在冥想中徜徉

丫丫是谁

丫丫在哪儿

丫丫将要去哪里

一场硕大的风雪之后

珠江被冻结在北方

黄山鲁也被粉碎成各种矿石

你站回原地

重新把自己石化

我在你流淌的风里

明媚地看到了一双手

冻僵在严冬的屋檐

丫丫在哪儿

或者到底是谁

你笑而不答

在不确定的言语里确定着方位

从你绞结的暧昧里

我看到一朵金黄的麦穗

挺举着你嘹亮的额头

每一次不经意的举目

都是一篇火热的诗行

或许，这暗自的思恋里

才茁壮出你伟岸的追求

或许，只有这样的遥望

才可以维系这憾世的爱情

我远远地望着你

就像你远远地望着丫丫

或许，这不动声色的闪亮

才是经典传颂的丰硕

2022 年 11 月 17 日午时写于广州南沙金茂湾

专注一场雪

从昨天开始
我就专注于一场雪的到来
一个晚上的浑浑噩噩之后
我推开窗门
终于看到了一地的雪白
静坐在小窗的一隅
开始打量这番不知名状的飘落

如此庄重地面对一场雪
应当说始于今日
一个刚刚进入知非之年的性命
或许是因为闲淡的无聊
或许是缘于略带流行色彩的抑郁
我面无表情，甚至有些严肃
像欣赏一幅抽象的画卷
企图找到某些证据或者结论

雪一直下
有的轻浮
在空中变幻着模样
有点沉重
仿佛陨石一般瞬间跌落

有的精明

如天女散花一般美丽

有的执拗

如飞蛾扑火一般遁入

我在想

这些原本就是一些水气

何必要飞舞的如此迷蒙

不，不，不

它，或者它们

都应该是一种生命的展示

或优雅，或龌龊

或从容，或惊慌

在自然的风暴里

以各自的能量和智慧

诠释一种别样的存在

雪一直下

除了看到的飘落

我想，还应该有一些其他形式的飞扬

看到的是一种表达

没有看到也不是虚无

都应该是一种方式的表达

总之，在这样一个春天

我开始专注一场雪的舞蹈

2020 年 2 月 6 日晨 8 时写于涿州

被推迟的爱

艰难的日子即将过去
可我们的爱已被无情推迟
因为一场雪
它猝不及防的出现
阻断了期盼的热忱
隔离了爱的温度
漫天挥动的霓障
让生命刹那间失色

你这可怕的凛冬啊
像一个全副武装的恶魔
拦截了我的幸福
在宽广的地平线上
你让时空错位
原野中传来的警笛
如豺狼般嘶吼
让原本宁静的世界瞬间倒塌
所有的美好和爱情
就这样被无情推迟

好在，好在太阳已经升起

放眼望去
我看到瑟瑟发抖的土地
开始迸发出一些艳绿
那条迷路的猎犬
在努力地奔回宅院
为主人驻守
还有那漫山遍野的灯火
已经被温暖点亮

爱，虽已被推迟
但不能阻挡追求幸福的脚步
在未来的时光里
我们会拿着金黄的麦穗
还有娇艳的红罂粟
在蔚蓝的天空下
在汹涌的大海里
在崎岖的山峦上
让生命放肆的绽放

写于 2020 年 2 月 8 日上午 10：30

远去的村庄

昨夜西风凋碧

梦在辗转反侧间出离

我回到了我的村庄

这是一个被热闹拥挤的乡野

横亘在某个寂静的角落

一片片乌黑的瓦顶之上

有稀稀落落的树木和宿鸟

静谧的长夜

不时传来家犬的吼声

间或着乌鸦的哀鸣

使这静谧再包裹起一层恐怖

依稀有个晃动的影子

打破了这夜的神秘

那是一个年迈的农夫

扛着笨重的犁头

顽强地行走在田野

伴着或深或前的步履

身后飘荡起的一些呢哝

如寺院清脆的晨钟

慢慢地把村庄叫醒

随着一片片报晓的鸡鸣
有群尚不知事的孩童
开始喧闹的此起彼伏
月儿在树梢下隐去
炊烟在屋顶上升腾
锅台上飘飞的朵朵香气
馋的羊儿咩咩发响
远处火红的旭日
被大地烘托而起

阳光沐浴下的村庄
瞬间把我从梦中搅醒
这就是我的村庄吗
有漆黑密布的暗夜
也有生动活泼的黎明
有亲切熟悉的牧笛
也有惊悚恐怖的刺响
有天真欢快的嬉戏
也有不知名状的哀鸣
这一天我从梦中回家
这一天我也在梦中苏醒

写于 2020 年 2 月 28 日

审视一棵树

今天我有一番情趣

这或许来自于老久深埋的情愫

远远的，坚决的

以一种凛然的姿态

打量起一棵树的模样

没有欲望，不计荣光

始终都以一个站立的模样

保持着最初的安静

不畏寒暑，何惧风雨

任由光的诱惑和水的浸淫

都把自己深深地扎根于泥土

或挺拔，或委婉

以自己对生命的尊重

诠释一直品行

与山水为伴

默默地铺展成一道道风景

此时，我愿意成为一棵树

或许也甘愿做一杆枝丫

不，哪怕只是一片叶子

我都愿意融入您的骨骼

与你一起，栉风沐雨

但我知道，这只是一种奢望

一个永远都无法抵达的企图

与您对视，开始得有些错愕

在您面前，突然感觉到人类的卑微

那些所谓的梦想与追求

还有那些难以启齿的厮磨和牵扯

都如魑魅魍魉烟消云散

您就这么站着

刚毅而和蔼

在不争不计的尘世间

如山如帜

泰然自若地隐于市侩

高风亮节地成于尊贵

独处，是一直伟岸

排列，是一种风景

那是一种临风的坚毅

让世界滋生昂扬和美丽

2021 年 3 月 9 日晨 7 时时代南湾散步有感

清晨，我被一只乌鸦唤醒

或许是都市尘嚣的吵闹
逐步掩埋起神经脆弱的轻贱
抑或是那些纸醉金迷的诱惑
烧毁了内心深处可怜的梦想
总之，我已经习惯
习惯在酒醉中沉迷
习惯在酩酊后沉眠
如此，家人们便会看到一缕香甜
还有一些人类的慰藉
而我也慢慢习惯了这种习惯
习惯在习惯中麻木
习惯在习惯中老去

今天，不
就是在今天的这个清晨
一只乌鸦居然伫立在我的窗口
它用乌黑的身体
向我展开了一次乌黑的进攻
特别是那张乌黑的嘴
透过坚硬如铁的玻璃
开始啃噬起我斑驳的脑壳

在一个乌黑的树洞里

我惊恐地与这个乌鸦对视

试图从这一袭乌黑的物件上找寻光亮

也期盼混浊呆滞的眼眸能够返老还童

重新乌黑成儿时的天真和清澈

在约定俗成的世界

乌鸦总以邪恶的影像示人

特别是那骇人的嘶叫

足矣让世界惊醒

气定神闲之后

我多少有点恼怒

凭什么在这样一个安逸的早晨

你非要灼痛我的我的双眼

把我从甜美的迷梦中吵醒

倒是那黑如钻石一般的眼眸

给出一些冷峻的力量

让我的思想重新变得坚硬

我不由在想

这么不择时机的叨扰

到底是简单地把我叫醒

还是让我叫醒村里的族人

大抵是在犹疑的刹那

我看见一个黑色的巨人

以一只宏大的手臂

在我的眼前掠过

然后气势磅礴地隐入太空

我突然醒悟

您真的就是传说中的奥丁吗

2021 年 4 月 14 日下午 1 时写于都匀至广州高铁上

乡村的记念

岁月几经周折

不论时光如何遣返

终究还是没有走出故乡的纠缠

那个小院，那缕烟火

就这样深埋在记忆的深处

从来不曾迷失

即使梨树下那条叫不出名字的狗儿

依然保留着原有的善意和警觉

温暖亲切，依偎成记忆的姿势

或许，我压根就不曾出走

尽管物是人非

路几经修改

但村庄依旧

那是妈妈的城堡

那个身影，那脸慈祥

如一个不知疲惫的蚕蛹

不停地编织

忙碌地营造

呵护着世代的子孙

就像一根越拽越近的绳索

牵引着行走的方向
总是在不知不觉间
踏上回家的路
尽管妈妈的身躯已经佝偻
但那温暖的眼神
永远都是我依偎的摇篮

离开，回来
再离开，再回来
或许就是生命中必然和仍然的重复
就像妈妈始终如一的唠叨
周而复始，不厌其烦

我很庆幸，也很矫情
在这个华发斑驳的光景
依然可以作为孩子
为妈妈烧上一顿可口的饭菜
或者做一个鬼脸
让她额头深刻的皱纹舒展开来
露出一些温暖或者笑容

　　　　　　　2020 年 4 月 10 日 10 时写于河北定兴

妈妈走好

没有告别
也没有嘱托
便悄无声息地撒手人寰
悉数将我们留下
在数九寒天的夜里
在愁累无眠的恍惚间
依然可以看见您的影子
羸弱，倔强
瘦小，高大

就在几个月前
您曾经淡淡的告诉我
您将有一次远行
那态度有些随意
没有一点告别的庄重
直到今天
直到再也拽不住你的衣襟
再也听不到那句熟悉的唠叨
多喝水　少喝酒

我知道，从此我将不再是孩子

在未来的日子里

我将独自行走

那个熟悉的院门

还有那个被您烧的发糊的炕头

将很快消失在我的眼里

妈妈，不管您去哪儿

也都要带上儿女们的珍重

在你即将到达的世界里

快乐，安康

据说在往生的天堂里

没有病痛只有安好

但毕竟天气太冷

您的衣服有没有穿够

您的香烟有没有备足

还有我给你买的那么多拐棍儿

您都带上了吗

若是，就好

既然您已经决定离开

离开这个尘世的混沌

也一定肩负起另一种使命

若是，就好

就让儿女们为你送行

还有，那些个跟你有过一面之缘的朋友
他们都来了
都来为你送行
在您灵堂悲号的哭声里
在肃穆林立的花簇中
在饱含着冷暖的短信里
我们为您祈祷

若是，就好
我们将目送您
远行

悼于 2020 年 1 月 15 日凌晨 3:50

妈妈，我不想告别

像一棵顽强的老树
巍然站立在院落
在没有围墙的栅栏里
你凭着自己的体温
拢起一堆篝火
哺育儿女们倔强的生长

岁月是一个凶残的仇人
春暖花开的时节太短
便以满目的狰狞
开始对人类下手
我看到年迈的母亲已疲于应对
那双颤抖的手
还有那张惊恐的脸
间或散乱无力的脚步
似乎在向我告别

不，妈妈
我不想与你告别
这个世界太冷
我仍然需要襁褓

需要您的呵护

我知道

那些深刻在您脸上的皱褶

都是对岁月无情地阻击

深嵌在生命的深处

如一首老歌

或隐或现地腾跳着脉搏

以一种恒远的姿势

傲然挺立

妈妈，我不想离开

我要像一棵被您滋生的小树

永远牢牢地站在您怀里

与你一起根植大地

栉风沐雨

引颈高歌

2020 年 1 月 5 日写于河北涿州

铁人礼赞

在辽阔的松嫩平原之上
在茫茫的大庆油海之间
在流淌着热血的每一个人心里
都深埋也呼唤着一个名字——王进喜
这无疑就是一个时代的象征

在共和国的建设史上
在劳动者的汇聚画面中
在一个个有血有肉的身躯里
你是深入骨髓的伟岸
成就了当代中国工人最美的骄傲

在多少个风雨交加的暗夜
在多少个媒体和百姓的传说中
在多少个战天斗地的故事里
你就是一把铁钳
紧紧地咬住一口口冰冷的油井
用一腔对祖国的忠诚
化成一股股凛冽的铁流
在烈日灼烧和寒风悲嚎的风景里
站成一个世纪的雕塑

伫立在铁人纪念馆的堂前
行走在车水马龙的都市里
我仰望蓝天
讨问朵朵飘飞的白云
我弯下双眼
探究潺潺流动的湖水
试图寻找一些所以
可是，可是
一切都没有答案
一切都不需要答案
在百姓的心中
唯有劳动最是崇高
在劳动者的眼里
创造才是奉献者最美的果实

流连于蓝天碧水的油海
那些黄的蓝的绿的
优雅地敲打着大地
抬头，如一个个虔诚的教徒
真诚的向天祈祷
冀盼天降鸿福风调雨顺
弯腰，如一个个矫健的铁牛
勤劳的耕耘大地
排成一个个英雄的方阵
植就一个民族的脊梁

2019 年 9 月 2 日写于大庆

多想拥有一片海

没有记忆中的不安和浮躁
也没有想像中的愤怒与咆哮
依偎在你的岸边
除了感受那甜美均匀的呼吸
我体味出一个慈母的亲切

远方一望无际
看不到远山的青黛
或许是因为太阳还没有睡醒
才让我有幸直面您的本色
近处波光粼粼
有三五成群的渔船出海
如一片片散落在海边的落叶
悠然远去

这是一个挺早的清晨
静谧而安远
不知道是悦耳的涛声把我从梦中唤醒
还是我如约的脚步召起了你的心胸
在这么大的一个世界
你我如约而至

完全算得上一次奢侈的邂逅

在人类面前
您以无私的胸怀展示博大
淘洗一切肮脏和丑恶
还心灵一片宁静
在自然的世界
您以雄浑的宽广海纳百川
让世间万物倒映入怀
给宇宙一个太平

此刻，我多想拥有一片海
赤裸起所有的思想和肉体
砸碎笨重的甲胄
涤净满身的灰霾
如一个刚刚降生的婴孩
安然地躺在您的襁褓
纯净地与您对视

此刻，我真的需要一片海
让生命的桅杆坚强地矗立
在定势鲜明的方向
还有这片清澈的海域
踏浪而行
偎依着潮水

和奏着涛声

与您一起随心飘荡

此刻，我就是要拥有一片海

让坚硬的思想在深蓝中凸起

让颓废的灵魂在潮汐间涅槃

让岩石和海水充填起躯体

如一条自由的鱼儿

伸展开所有的翅膀

载着歌声和梦想

在浩瀚的波涛中

欢快地游弋

2021 年 3 月 18 日晨 6：30 写于电白温德姆酒店岸边

夜的幻想

当夜幕布满天宇
心会陡然地平添起沉重
倚在城市的残垣
渴望有一些夜曲飞扬
不在乎什么节奏和乐理
只需要有些动静和声音

越是夜深心越发慌
面对一个漆黑的世界
思想总是莫名的惆怅
幻想在某棵枯黄的树梢
遗落一些叶子
给大地弄出一些回响

在黑的远处有一湾月光
或隐或现地泛出微亮
如一双执琴的手臂
在敲打着夜的翅膀
每一次柔软顽强的触动
都会甜美地撞击着心房

行走在黑色的院墙
就状成守夜人的模样
燃一盏火把
别一副刀枪
静静地等候
静静地欣赏

2021 年 4 月 1 日写于广州南沙

长影随想

带着对《英雄儿女》的膜拜

嗅着《上甘岭》的硝烟

怀着对《刘三姐》的青睐

我骤然来到长春

来到儿时强壮我脊梁的城堡

在一个七十四岁的老人面前

我肃然起敬

如一个惶惑的孩子

陡然间手足无措

或许是深刻在记忆深处的敬畏

已经茫然了我所有的思想

显然，我不是那个《冰山上的来客》

更不是什么《神秘的旅伴》

我只是凭着一个幼年的童知

找寻一段光影

或者重拾一些生命的信念

在长影伫立

心如风反卷

眼前和心中

只有领袖的大手

才能指点迷津

忘不了《白毛女》的血泪
那一段撕灭人性的历史
永远蹂躏着我的心脏
践踏着文明的曙光
当然，《五朵金花》的笑容
依然辉映在脑海
开出人性自由的花朵
仰望一座城
或者静观一道景
不管是近临还是远眺
无论是静默还是咆哮
都应该是一种洗礼
一次通向光明和正义的涅槃

2019 年 8 月 1 日写于长春

荒原的记忆

遗落在北方的冬季
除了抵御寒风的凛冽
还要接受大地的沉默
那空旷的灰黄夹杂着雪的惨白
偶尔间或乌鸦的低鸣
给原本消杀的荒原笼罩成死寂

很小的时候
我曾经在这里逃走
在一个叫作南方的城市
经历了一些雨露的润泽
伴着和谐的风光
慢慢生长出一些思想
随着岁月的老去
荒原留给我的
只有一些模糊的图状和颜色
随记忆淡化成一种虚幻

于我而言
数九寒天的原野
特别是一望无际的空茫

是一种酸涩的记忆

因为在瘦弱的童年里

没有风筝也没有彩虹

只有那些枯黄的枝丫

偶尔承载着一些灵动

还有深埋在地下的野草

顽强地隐蔽起脆弱的生命

间或三五成群的喜鹊

送给人们一些少有的喜庆

伫立在茫茫的原野

我期待远处放亮的天宇

多一些色彩和温度

渴盼那些和煦的阳光

早一点伸出手来

拥抱这片冰凉的大地

让枝头顶绿草木生葱

再来一些鸟儿的啼啾

还有风儿的鸣唱

那时，那些灰的黄的

都会伸展出生命的翅膀

与蓝天交映

与山河欢唱

2022 年 3 月 28 日晨写于河北涿州

夜画岳阳楼

夜在不知不觉间降下黑幕
倚靠着君山的臂膀
思想突然硬朗开来
或许是燥热腻人的风
搅动起八百里洞庭的心事
湖水始终以一种别样的挑衅
与我深沉的对峙

端视岳阳楼
再没有灵动的思想
甚至连语言也顷刻苍茫而模糊
但我坚定地确信
眼前的这个楼宇早已物是人非
那些经年的风雨
还有精心的修葺
特别是那些强势的加工
正随着时间的推演
以惊世的辉煌掩埋起脆弱的风骨

在范公面前
我们既羞于文字更无颜表达

在斑驳陆离的光影里
在老旧陈破的瓦缝里
我更希望看见一杆血色的旗帜
那是挺举着的灵魂
你的我的他的我们的
在驶向文明的战车上
昂扬起人类的手臂
用心烙上一枚重重的手印

斯人已逝
但声音犹响
那深厚无私的家国情怀
俨如波光粼粼的洞庭湖水
浩渺而永续
刚毅而洪亮
居庙堂之高则忧其民
处江湖之远则忧其君
这经天纬地的朗达
一如爱与生命的交响
必将共鸣于一个动人的乐章

我期待
我们期待
我们期待着

2012 年 10 月 3 日夜写于岳阳南湖宾馆

汨罗问屈原

龙舟年复一年地划过

不仅仅是汨罗江的混沌

还有长江黄河的嘶吼

一个冤屈的名字

伴着艰难的生命

如云如烟如鲠在喉

我要问

到底是以你一己的生命

用垂死的洁白涤荡千古

还是要汨罗江的水母

记住这世间的哀愁

江水日复一日的流淌

湿润的不仅仅是愤恨的眼眸

还有胸中不泯的烈火

一如火山爆发的出口

风雨飘摇着的叹息

可否认定是上帝的诅咒

我要说

你这屈死的魂灵啊

面对这冰冷湍急的江水

你如此决绝的纵身一跃
到底是为了一个诗人的自尊
还是为了这渺渺千帆龙舟

时光荏苒一如既往
汨罗江依然闪动在你的身后
多少个世纪的百变轮回
依然不能玷污你不变的操守
或许是荆楚大地的浸染
让你洁白了荷的追求
我要真真地对你说
你的生命就是你的诗
你的诗就是你的血
永远流淌在汨罗江的胸怀
永远照亮着诗人的宇宙

2021 年 5 月 18 日写于岳阳

雪舞的时节

童年的记忆中

雪总是很美的一场电影

雾凇、雪人，还有行走的印辙

在巴掌大的玻璃窗外

我们用瞪大的眼睛

寻找梦中才有的美丽

那时候的雪更像花朵

飘在天上美在眼里

始终种在生命的深处

长大的南方没有雪的踪迹

潮湿的雨季限制了想象

偶尔的梦境也只是一地的雪白

看不见荒原深处的猎手

听不到独轮车清脆的呼唤

甚至没有一簇艳红的头巾

可以昂扬我对故乡的渴望

这个时候的雪很像幻觉

结在心上散在梦里

无奈地融进年轮的沟壑

进入冬季以来

我把自己冻进雪里

任寒风袭卷天穹苍茫

由漫天婆娑如花如朵

置身一个宏大的时代

所有的事件都如雪如霜

我只许一个羸弱的身子

还有一只孤单的魂灵

以雪舞的姿势

融入土地

2022 年 11 月 15 日午时写于广州南沙九王庙

野草的答问

卷缩在岩石的缝隙
委身于污浊的岸边
在荒芜断裂的危墙之上
在尘土飞扬的席卷之下
身子佝偻着颅腔
以无言挺举起无力
让苍白演绎着沧桑
依然伸展着不屈的存在
或许，在死与不死之间
就是生命的存在

当雷电翻滚出霓虹
当烈日烘托起泥土
当喜鹊绽放在枝头
野草就会推翻身上的陋石
昂扬起生命的脊梁
那些奋发的姿势
将熔岩一般喷吐
如火花，如巨浪，如方阵
排山倒海般奔突

在活着与毁灭之间
渲染生命的伟大

或许，这野草的枯黄
不是垂败，更没有示弱
那些积聚于根的顽强
还有挺举在心的勃发
才是生命最庄严的宣誓
或许，这佝偻的姿势
不是无助，也不会绝望
那些心手相牵的温暖
还有星火相连的召唤
才是心底最茂盛的伟岸
或许，这蒙尘的沾染
不是无奈，也不能苟活
那些泰然自若的柔软
还有自证高洁的品性
才是灵魂深邃的火焰

野草无语
也不屑于回答
野草不死
也当然挺立
她将以天定的禀赋
因着生命的信条

还有太阳的感召

昂扬地呼唤着大地

2022 年 11 月 7 日午时写于广州南沙九王庙

我要甜蜜地睡去

走的已经很累
前方的路到底还会有多远
究竟哪里才是尽头
哪里才是要去的方向
我怀疑是否已经迷了路
已经无力迈开发木的双腿

此时，我需要一棵树
或者一片破旧的断壁
斜倚在你的臂弯
安然地紧闭上双眼
没有呼吸没有梦境
甚至不要任何生命气息
我想有孩子般的天真
纯美无邪的酣美

路真的太远了
我已经找不到来时的方向
又怎么能回到归去的路
就让我这样结束吧，妈妈
我就要儿时那个温暖的襁褓

寻找那丝幸福的快慰

不再担心半夜会醒来

也不再害怕雨天的惊雷

就这样甜蜜的回归

原本就脆弱的生命

2020 年 1 月 2 日写于河北涿州

与妈妈对视

南方，北方
如一个越拉越紧的钩链
深嵌在我的肉体和灵魂
让我在一个知天命的季节
有了一份儿时的依恋
多少次坐在妈妈的面前
静静对视，默默无言

妈妈，儿子
是一个天生挥之不去的挂牵
那一生不变的眼神儿
牢牢地拽着我
还有那不知重复了多少遍的唠叨
深刻着母亲对儿子的思念
如一本线装书
为我讲述来路
还有时光的变迁

来了，回去
回去，再回来
就是这样一个简单的折返

完全可以描述整个生命
记录一些瞬间和片断
不曾忘当年参军离开的村口
妈妈眼里噙满着的泪花
依然坚定地把我的军装整理的耀眼
作为妈妈的念想
我也常常把一张张喜报
辉映在妈妈面前

就这么一来一往
就这么一去一回
我和妈妈交换着信息
攀比着成长
我应当庆幸
在我游走了数十年之后
我依然有家可归
可以贴近妈妈的耳朵
喊出这个世界最亲切的称谓

无疑，在这个知非之年
我依然是个幸福的孩子
因为有妈
因为有家
就依然可以找到来路

2019 年 9 月 27 日凌晨 5 时写于涿州向阳

在稻田里守望

金秋送爽

渴盼一季丰盛的金黄

在一望无际的稻田里

守望生命的丰盈

欣赏昂扬的茁壮

膜拜谦逊如膜拜太阳

在一簇簇稻穗面前

我匍匐在地

仰望星光

在稻田里守望

那一片片金黄的收获

还有一层层喜悦的稻浪

历经岁月的洗礼

还有阳光的滋养

当然还有风雨的浸淫

最终以一个成熟者的姿势

慷慨飞扬

低头，弯腰

奉献出灵动的辉煌

在稻田里守望

等待着满眼的稻花飘香

生命应该如此骄傲地绽放啊

不管是芝麻玉米还是大豆高粱

任风雨肆虐百虫陷害

都以一种凛然的巍峨

百摧不折挺立昂扬

在稻田里守望

用一首诗

或者一首歌

眺望

2020 年 7 月 16 日写于河北涿州

只为你

那镌刻在内心深处的朦胧
或者，那个依然清晰的身影
在心头那块即将老去的岩石之上
突然生长出一朵青葱

只为你
那颗停跳了太久的心脏
还有，那双混浊茫然的老眼
在凛冽如刀的季风里
重新唤醒我的生命

瞅瞅那副清高漫傲的德行吧
认真瞧瞧那个不可一世的走兽
借一泡尿
或者，一毽发臭的唾沫
狠狠地照照你
或许能够还原人性的光辉

只为你
我从此不再沉默
我将恢复我原有的生命

我要拿起准备了一生的屠刀

痛击，杀戮，毁灭

为了我心中的缪斯

一个魔幻而美丽的女神

为了你

我将重拾塑刀

用坚硬构筑骨骼

用涅槃重生理想

以一个红键牛的姿势

站成一个世纪的不屈

2019 年 6 月 12 日中午 1：20 于宜春至广州高铁上

致自由鸟

你有一双翅膀
还有一片蔚蓝的天
你可以栖息在树的枝丫
也可以在停留在古老的屋檐
海阔天空地任意嬉戏
你有一腔美丽的歌喉
还有一个浩瀚无垠的舞台

你可以自由的歌唱
白云飘飘为你起舞
风雷电闪给你伴奏
在一首首自然的乐章里
张扬生命的礼赞

我多想做一只自由鸟儿啊
像风一样的飞翔
不管天高地厚
不管风雨雷电
只要尽情地遨游

我要在心里培育一只鸟儿

用优美的姿势起飞

用动听的歌声吟唱

把稚嫩渺小的身躯

幻化成一个美丽的天使

或者一道绚丽的彩虹

2022 年 4 月 13 日写于广州南沙

作别夏日

南方有火，在七月里奔流
天象多变，不时传来地震的讯报
荔枝早已在岭南红的娇艳
与漫天携雷带雨的季节邂逅
在黏湿混杂的喘息间
渴盼一份清凉的季风

心中有爱，永恒于整个生命
行走之间，耿耿于怀的那个风景
还是少年的烂漫
在无拘无束的嬉戏里
生命可以如撒欢一样生长
在没有欲望的童话里
天真无邪地拔节喧腾

初心未眠，如寺庙里的暮鼓晨钟
清脆沉重，不时敲醒发木的灵魂
对爱的追求如同对生命的爱怜
只要能够自由的呼吸
我觉得还是活着的好
尽管早已老眼昏花

但心中有爱，依然可以聆听
感受那些花开的声音
还有落叶的姿势

多少年来，我一直想与夏天作别
告别的不仅仅是火热和难耐
摒弃的不仅仅是辉煌和灿烂
我只是想回归属于自己的田野
与泥土为伴，让呼吸多一点芬芳
或者就是为了那一点青草的气息

作别夏日，不是拒绝收获
更别说那些焕彩的霓虹
我只是想静下心来
离大地再接近一点
把心放得再平整一些
让生命干净的成长

2019 年 9 月 1 日写于张北草源

清明祭母

清明节至
泪雨纷飞
与往年不同的是
有一座新坟覆盖了您的身躯
那是慈祥的妈妈
从此，我将是一片孤叶
在天地飘零
回家的路上
再也辨不清那个熟悉的院门

清明节至
除了那些逝去的记忆
再也看不见您倔强的迈动
一手持烟，一手持拍
在与苍蝇们无休止的战斗中
您永远都是一副胜利的容颜
从容，来自您内心的坚定
您一生践行的积德行善
一直培育着儿女子孙
成就了抑恶扬善的丰碑

清明节至

我再也不能坐在您的炕头

跟您讨论什么约定

再也看不见您操劳的身影

再也不用告诉您少抽烟

再也没有人告诉我多喝水

再也听不到您的唠叨

就连一次不起眼的争执

都已经成为奢侈

停留在记忆的深处

清明节至

看到新坟竖起的墓碑

内心多少有一些安宁

相隔了四十五载春秋

您终于完成了人生使命

半个世纪的风风雨雨

您始终如一棵劲松

傲然挺立于所有的生命之上

把父亲本该履行的责任

一同担在自己赢弱的肩膀

半个世纪的栉风沐雨

您确实累了

您应该在天堂之上

自豪地告慰父亲

您这一生的成就

都记录在儿女们的思念里

尽管有再多的不舍

我们也真诚地希望

您安静的休息

清明节至

捧一束鲜花

掬一抔新土

点一支香烟

斟一杯老酒

说一些心语

权做儿子对您的思念

愿您，天堂之上

安心

安宁

安好

写于 2020 年 4 月 4 日清明节

失语者

我是一个横亘在世界面前的哑者
无论怎样的激奋或抓狂
都只能用含糊不清的嘶喊
表达一个失语者内心的慌乱
其实，在正常人的眼里
我原本就是个哑巴
一个天生的残障
所有肢体的挥舞
还有语无伦次的发声
都是一种可怜的病态
或许偶尔赢得一个同情的眼神儿
便是一个旷世的鼓励

在世界面前
我正在失去人类的本能
因为我再也无法像正常人一样
合理的判断，还有准确的表达
虽然我的眼睛还很鲜亮
心脏也依然强壮
但思索的声音难以进入喉管
组成明确而清晰的语言

我知道

我是一个失语者

既叫不醒一个美丽的黎明

就更不能叫醒那些睡着的人

这就是失语者的悲哀吗

写于 2020 年 1 月 8 日凌晨 3:48 涿州

期待春暖花开

这个冬天太冷
雪一场又一场的来临
我无法明白
老天到底有多少怨恨的泪水
一遍又一遍地泼向在大地
那些可人的阳光呢
你们都躲在了何处

这个冬天太长
日头升了又落
我不敢预测
这片冰封的土地何时回暖
还有那列列吼叫的寒风
什么时候才可以停歇
那肆虐的脚步

白天，我们昏昏沉沉地睡去
晚上，我们不明不白地醒来
日子从来没有今天这样难熬
时间成了停摆的钟表
让生命突然变得苍白

在吃喝等睡的日子里

让躯体没有意义的移动

我是多么的期待啊

期待一个春暖花开的到来

那是一个怎样明媚的时刻啊

那时天空湛蓝如洗

那时大地光彩重生

那时花儿竞相绽放

那时鸟儿结伴翱翔

我是如此的渴望啊

渴望一个回春的雷声

那是一个怎样的炸响啊

那时你会听到春回大地的脚步

那时你会看到百草重生的画卷

那时你会闻到桃红的芬芳

那时你会感受柳绿的新机

那时候，你会说

春天真的来了

春天终于来了

2020 年 1 月 3 日写于河北涿州

黑夜的表白

黑夜，我以黑色的眼
穿透月光娇柔的内核
故事的屏幕由此开启
阐述生命最脆弱的原罪
你的心到底有没有颤抖
如语言的形状一样起伏
在无序的文化符号里
诠释人性的诱惑

黑夜，我用黑色的语言
描绘一个邂逅的场景
那把本已老旧的六弦琴
在敲打即将睡去的黎明
你的眼折射出一些皎洁
是藏在怀里最后的野性
如飞蛾扑火般莽撞瑰丽
栽入我火热的眼睛

黑夜是充满诱惑的瀑布
漂泊着你我的记忆
我们，既为彼此

就应该站在对岸

素颜以对

2020 年 3 月 15 日写于广州番禺

秋日感怀

秋日感怀
暑去秋来
在时光转换和星月交替的瞬间
一股清风
已经蔚然成就熨帖的凉爽
酷热褪去
眼前一片清澈
那些亲近的和煦还有辽远的风景
仿佛一夜间
如数驾临

去山边
看漫山遍野的繁花灿烂
随风送来朵朵香馨
去田野
有盈满心中的百草青黛
摇曳出一幕幕金黄色的喜悦

仰望，天空湛蓝如洗
白云悠然起舞
曼妙出天堂的自由

凝眸，远山巍峨

朦胧着一幅幅水墨的氤氲

庄重而涵韵

这时，你可以徜徉在田野的深处

自由的呼吸花草的芳香

让生命融入大地

随节气生长出爱的翅膀

这时，你可以漫步在小溪的岸边

折一枝水草

或者拈一朵小花

勾逗那些畅游的鱼儿

回归儿时的童趣

还原天真的本性

这是多美的一个秋啊

那些金黄的暖还有深沉的绿

那些鸟儿的低啾

还有鱼儿的浅唱

在生命的耕耘和收获里

和成一章又一章爱的奏鸣

秋去春来

虽然要经历一个凛冽的寒冬

但在生命的渴望里

有万物复苏的期待

有春光明媚的等候

有盎然心底的守望

那些所谓的凛冬

就是一个短暂的沉迷

待等一个惊蛰的春雷

待等天空一个又一个炸响

你再回眸大地

那些顽强的生命

都会勇敢地抬出头来

在山巅，在旷野

在寒风瑟瑟的岩石之上

她们都将破土而出

为宣示生命的存在

为迎接夏日的洗礼

为装点大地的美丽

人道是

我言秋日胜春朝

人间最美是清秋

2019 年 8 月 19 日写于河北张家口坝上草原

石头城祭

夕阳如血般倒挂在垂死的天际
残破的枝丫抖动起遍体的萧瑟
如一把把猩红的利刃
亮利地插进生命的深处
今天，这个八十四年前的今天
记忆定格在人性摧毁的废墟

我依稀看见
光天化日下的南京城
上演的那幕旷日持久的屠戮
火光冲天如黄河怒吼
血光冲天如长江咆哮
这样一个惨绝人寰的暴行
永远都应该成为记忆
深刻地种植在每一个生命的心中

古老厚实的城墙下
始终沉压着我屈辱的灵魂
特别是那些斑驳的石头
还有斑驳在石头上的苔藓
一直斑驳着历史的苍茫

随岁月经天纬地的流淌

或许是沙漠中摇响的驼铃

才能敲醒竭尽腐朽的生命

不该忘记也不能忘记啊

那三十万横死的魂灵

那些个人类疯狂的残酷

应该成为人类历史最可耻的暴证

被铭刻在记忆和精神的柱石

缅怀，不仅仅是为了记忆

而应该成为旗帜或者化成符号

我们有理由记住

在中华民族的心中

一样有耶路撒冷悲恸的"哭墙"

也一样有波兰人伤痛的"大屠杀纪念碑"

由此，纪念不应该只成为记忆

而应该在潸然泪下的历史中觉醒

只有深埋下仇恨凝结的种子

才能昂扬起文明的风帆

才能让橄榄枝自由伸展

才能让和平鸽振翅飞翔

2021 年 12 月 13 日写于涿州，14 日修改于北京至广州高铁上

背影

如一树丁香
静静地打开晨曦的心窗
以其别样的优雅
流淌出一个季节的清香
即便一个不经意的转身
也能芬芳出所有的四季

如一叶静荷
清美地伫立于一池的濯浑
以其自洁的清高
生动出一个流年的标本
哪怕是一眼随意的漫目
都能绽放全部的生机

这一眼
或许就是因为那个背影
没有惊艳的冲撞
也没有骇俗的声张
只以自己的方式
安然地将生命打开

2021 年 12 月 17 日晨写于广州南沙

想像成风

有时候
风是爱情的信使
在你等待的时候
悄然送来天使的消息

有时候
风是温柔的手臂
在你寂寥的时节
欣然报来春天的声音

有时候
风是一个惊雷
在你混沌的梦里
炸出夏日热烈的开朗

有时候
风是一个闪电
在你苍茫的眼里
开出人性光明的花朵

有时候

风是一场暴雨

在你邋遢的身上

坚决彻底干净的洗礼

有时候

风是一目冬雪

在你污黑的灵魂

涂满洁白圣明的哈达

有时候

我多想成为一种风

一种温润而泽的风

一种清凉快慰的风

一种凛冽如刀的风

一种冷酷无情的风

一种正本清源的风

有时候

我想成为风

或者风的模样

席卷自己

也席卷天下

以风的姿势

既接纳洗礼

也承受涤荡

2022 年 3 月 20 日写于广州南沙

门之畅想

一道道一扇扇
如魔方一样靓丽而狡诈
这些打开的窗户
一如怀揣着半把琵琶的妇人
诱惑直至鼓动出一些欲望
让你情不自禁地进入
那些风景或者光亮

一个个一款款
像台阶一般铺展和延伸
或开或关的牵扯着脚步
无论是木质的文艺还是钢铁的威仪
都是一副温柔的铰链
给你的肉身烙上一些纹理和铁锈

这些形形色色的门们
是风景更是沟坎
或迷茫或横亘
串联起人类的生命
在门的面前
既有选择的痛苦

也有跟随的风险

推启的未必是风景

踹开的料定是辉煌吗

2021 年 12 月 18 日凌晨 6 时写于广州南沙九王庙

滕王阁叙

说是一个名胜

倒更像一个符号

远远的牵挂着游人的脚步

在赣江涛涛的流水之上

在豫章文明的册页之巅

在洪都长长的历史卷面里

你到底是象征了一个朝代的繁荣

还是铭刻了一段骄奢的印痕

历史当以铭记

无论是辉煌还是悲催

都应该走进文明的橱窗

经历了盛唐的莺歌燕舞

沐浴了宋代的洗心革面

即使忽必烈的铁骑

还有努尔哈赤的钢鞭

也未能动摇你的存在

如一个万花筒

也更像一个呼啦圈

作为一个符号或者影子

你有过太多的改头换面

无论是强加的委屈

还是附庸的奢靡

一样都以闪亮的桂冠

高高的悬挂在历史的天空

成为人们翘首以盼的风景

历史以线性的习惯穿越人性

风景以断章的堆积影视未来

那些王勃们的描述

注定随记忆清浅

势必掩入枯黄的昨日

2021 年 12 月 17 日傍晚写于番禺

致冬至

满眼的荒芜
连月亮都挺直了晦暗
风以剑的速度掩没激情
雪以鹅毛的姿势席卷大地
寒在心里的冰冷
冻结了所有的温度
在没有日头的雪野
迷失是唯一的选择

凛冬来临
漫长的黑夜由不得想像
也无法升腾诗人的凌厉
为了证明自己的活体
只能将自己点燃
或堆成一拢篝火
让灵魂成为一炬火把
点起心中的太阳

冬至春来
数九的日子艰难也快乐
好在，好在春天有了盼头

心的暖流会周身蔓延

让生命孕育出翠绿的丫叶

依次葱茏成春天的芬芳

或许，我们能够

循着凛冬的寒风

排列出春天的脚步

然后以方阵的队形

向太阳誓师

2021 年 12 月 19 日午时写于广州南沙九王庙

迎接寒冬

决裂的声音
如历史的回响
从亘古的洪荒中传来
从枯败的枝头
从惊惧的脸上
从瑟瑟发抖的土地
蔓延成凛冽的庄严

冻僵的魂灵
像裹着蓑衣的道具
陈列在下一个冰河时代
在金字塔尖的威仪里
在撒哈拉沙漠的荆棘中
在狮身人面的腋窝下
建构成一尊茁壮的泥胎

季节的轮回
是经年的钟声
冷是不可逆转的主律
然，不屈的头颅
永远诞生在高昂的颈项

那些冰封在河里的鱼儿

那些隐匿在山林里的小鸟

那些埋伏在旷野的草根

已经集合起列列方阵

但等清明吹动起号角

便会以生命的名义

宣告春天的明媚

2022 年 1 月 13 日写于广州南沙

夜半，有风经过

风打北方来
越过黄河越过长江
越过所有的山河湖海
一往情深
扎进冬日深深的夜里
或许就是那个背影
那个漫不经心的侧目
鼓励出生命永越的花朵
有一颗颗红豆从眼里泵发

风由南方去
掠过秦岭掠过淮河
掠过所有的人设魔障
一路向北
融入冰雪凄凄的荒野
仅凭一岸炽热的身躯
还有一腔纯粹的诗意
便把冻僵的爱情
温暖成一束火红的绽放

风自天上来

穿过九霄穿过云海

穿过所有的雷电尘埃

一鸣惊人

唤醒大地葱茏的欲望

或许就是因为那个回眸

那个心不在焉的流盼

就把那个深埋在心底的幻觉

昂扬成一个卓越的梦想

风往大海去

吹向激流吹向浅滩

吹向所有的魑魅魍魉

一阵号角

嘹亮心头美丽的鸽哨

依旧是那个逍遥的姿势

还有那个不置可否的态度

就把存藏了一个世纪的神话

渲染成夜不能寐的孤寂

今夜有风

在梦中经过

彤红了思想

壮丽了生命

2022 年 1 月 18 日晨写于广州南沙

梦游醉翁亭

有一双翅膀在夜里飞翔
快慰如约而至
醉翁亭的盛宴上
我看到了欧阳修的白眉赤眼
那是流淌在心的笑意
智仙和尚怀里的葫芦
一样蓬勃出世间的爽朗

醉眼朦胧的夜空下
琅琊以水墨的形式打开
是老谋子炮制的又一个印象
一叶扁舟劈开云海
从半空中划来
那是李白的坐骑
如仙鹤一般翩然而至

撩开这青朦的夜色
袅袅炊烟自村庄升腾
有笑声塞满世界
庭院里撒欢的狗儿
或许是为主人尽兴

拨浪鼓一样摇晃着尾巴

枝头三五成群的百灵

腾跳着轻盈的舞蹈

逍遥出人间的安逸

醉眼如帜

穿梭在历史的衣襟

目光所及的欢乐

都是和谐串起的晨曲

有一只雄鸡

把我从酣然中唤醒

2021 年 12 月 23 日晨写于广州南沙九王庙

西湖，一些桥的诉说

残阳西斜

猩红的睡眼朦胧起西湖的秀美

移步湖心亭

有一座座别致的桥

生动起眼底的精致

或许是御笔亲书的"虫二"

触动起风月无边的遐想

那些个高耸于湖面上恩怨

建构起心中的蓬莱

焕发着对爱情的想像

有抹余晖定格在断桥的房梁

那似断非断的风月

如一节节缠绵的藕结

章回着梁祝的爱情

那把摇晃了数度春秋的油纸伞

无法掩盖起水漫金山的悲壮

雷峰塔下

那一个爱情的精灵

是以怎样的执着和勇气

承受起了这般沉重的巍峨

长桥不长

是十八里相送的故事

延伸了记忆的长度

还有那不绝于耳的传说

一直延展着爱情的奇迹

陶师儿的忠节

悲催的不仅仅是一个故事

还应该有人为的惭愧

或许这令人扼腕的叹息

从另一个侧面

背书了所谓的爱情

也让这本就不长的小桥

多了一份悲壮的苍凉

回眸西泠桥

掩映在柳林深处的镜阁

飘动起一湾新月

那是小小如诗的爱情

清冷整洁的诉说

那一片片游弋的云彩

到底是诗人的油壁车

还是驰骋在心的青骢马

在夹竹夹桃的花丛中

在西湖所有的传说里

在爱情编年的史册上
一个光辉的影子
如此无悔地洁净
修饰西湖的风景

2021 年 12 月 24 日上午写于广州南沙九王庙

清晨，我看到一片树叶倒塌

今天，有一片树叶
飘落在清晨的眼里
不，是一个生命的倒塌
盎然于心底的卑微
在这垂死的前夜
有声音在传递
那是一个濒死的捷报

薄如蝉翼的生命
是攥不住的光辉
瞬间躺平在自己的身体
徜徉于灰白的大地
残破的身子有些金黄
向季节申诉
是岁月的无情熏染了庄重
还是轮回的痛苦焕发出生机

没有人会在乎这样的飘落
也没有人在乎谁的消逝
包括我们自己
一切都平静如常

就像麻痹的灵魂

一半在呻吟

一半在欢呼

毕竟经过春夏的洗礼

也曾随风舞蹈

壮丽过曾经的酮体

在翠绿和泛黄的冲突中

守卫根的尊重

2021 年 12 月 26 日晨写于广州南沙九王庙

有的

——读臧克家想到的

有的

因为有了人民

有了百姓的情愫

也有了苍天的胸怀

也就有了山河的景仰

那高山仰止的凝望啊

是一个世纪的回望

随时间流淌

熔铸成丰碑式的记忆

有的

因为有了使命

有了扎根泥土的力量

也有了土地的深厚

也就有了草木的真挚

那历久弥坚的纪念啊

是一个民族的信仰

任世纪更迭

共鸣成史诗般的交响

有的

因为没有杂念

没有虚无的妄想

也没有初心的背叛

也就没有时光的漫怠

那些被拥戴的旗帜啊

都深深地根植于心

让日月失色

永恒成膜拜式的仰望

有的

因为没有自己

便把人民装在了心里

在行道如天的风景里

被人民高高挺举

如头颅如太阳

如高悬在天上的启明

照亮并温暖世界

2021 年 12 月 26 日（毛主席诞辰）午时写于广州南沙九王庙

等待一朵花的盛开

在寂静中
在万籁无声的夜空里
我平心静气的守望
守望你绽放的姿彩
不需要衬托的绿叶
不需要燥热的音乐
当然也不需要迷乱的舞蹈
你是我的花蕊
就应该盛开在我的眼里

在思念里
在夜不能寐的游丝中
我苦思冥想的期待
期待你婀娜的背影
不担心相思的脚步
不担心生动的回眸
当然也不担心拥有的热烈
你是我的思想
就应该寄生在我的魂灵

在等待中

在朝思暮想的煎熬里

我昼夜颠倒的渴望

渴望你转身的优雅

不惊扰鱼儿咬汛

不惊扰雁阵排行

当然也不惊扰天籁的静美

你是我的海子

就应该徜徉在我的河床

2021 年 12 月 27 日午时写于京珠澳高速

下一个路口等你

说好的
在下一个路口
扔掉行囊
抹净所有的风尘和泥土
让心归位
用自己的头颅
规划一个方向

说好的
在下一个路口
梳理思想
铲除所有的龌龊和妄念
重新站立
用自己的脚步
丈量眼的距离

说好的
在下一个路口
点燃梦想
集聚所有的能量和欲望
让生命昂扬

以涅槃的神勇

光辉自由的道场

2021 年 12 月 27 日午时写于京珠澳高速公路上

为一场遇见

千层塔下
我虔诚地跪倒在佛前
默默许下了一个誓言
在某年某月的某一天
我和你相见
哪怕只是一个片段

菩提树边
我执著地守候了多年
就是为了能与你相见
在某天某刻的某时间
我和你面对
哪怕不要什么语言

相思河畔
我静静地倚靠在岸边
就是为了等待你出现
在云里在雾里在天边
我和你约定
哪怕不要什么诗篇

我的一切只为这场遇见

不怕风雨不怕雷电

就在那白雪皑皑的高山之巅

把爱情镌刻

让生命辽远

我的今生只为这场遇见

不怕浪高不怕险滩

就在那江水涛涛的大河之间

把青春放飞

让你我遇见——遇见

2021 年 12 月 27 日子夜写于广东省仁化县黄坑

沉浸

确认过眼神之后
你我便沉入爱河
穿过古老的冰川
穿过新兴的炉火
穿过所有的人类光年
我们高举头颅
让火尽情地燃烧

从那个背影入手
你我就锲而不舍
追随唯一的光亮
追随闪烁的影子
追随所有的原始体感
我们裸出欲望
让爱自由的欢唱

从感应的光开启
你我则如影随形
溶入坚强的骨骼
溶入温存的血脉
溶入所有的生命体征

我们形神合一

出离无我的泥塑

2021 年 12 月 29 日辰时写于广州南沙九王庙

倒影

东海之滨
你立于高山之巅
以流水的姿势
倒立在蓬莱的颈项
长发如瀑布般倾泻
让琴弦横亘
流淌出静美的和声

世界已然静寂
纯粹出一个时光的河流
琴瑟与浪花交响
心声与天籁共鸣
如高山仰止
如静水流深
如清风
如细雨
如飘然而下的甘霖
在沙漠中竞放

伯牙没有约定
甚至不需要期待

是子期的守望
或者说倒立的思想
惊扰了凡尘
把世事雕琢成一个神话
让轻抚的玄月
鼓舞起一个古老的回声

2012 年 12 月 19 日醉于广州明月湾

听风的日子

常常，在那些无月的夜晚
轻轻闭上双眸
将耳鼓扩张成长长的风筒
静心谛听风的声音
喧闹的白昼和烦躁的心事
都在顷刻间被风吹得老远

今夜我的梦悠长而真美
眼前有微微的灯
还有闲散的人
走在静静的城际
一个人，两双手
怀抱着那把失声的琵琶
反弹成韵
弦上扬起的缕缕清波
成就了世上最美丽的温柔

听，风演绎着的世界
犹若泉水合成的乐章
每一个节拍的流动
都是青春激昂的回响

生命中所有的遗恨与缺憾

都显得举重若轻

旅途中最亮丽的景致

如十八岁的花季

以昂扬的风姿和幽美的神韵

定格成绚丽的图章

风依旧吹

耳边渐渐长成一串五彩的风铃

眼前迷醉如虹

心以安静的姿态

在记忆的湖中散步

2019 年 10 月 5 日写于广州

遥寄黄鹤楼

想像不出一只鹤
用怎样的飞翔或舞动
惊艳起尘世的喧哗
凭一个离去的剪影
造就成一座楼宇的威仪

那些前呼后拥的诗人们
是纷至沓来的云朵
每一次停靠或者站立
都是一个礼拜的垂成
对一只黄鹤的思念
或者不舍
是李白们写不尽的愁思
如奔流不息的江水
涛涛如岁月的情话

遥望黄鹤楼
清晰可见那只鹤的离去
那烟雨千年的存续
还有羽化成仙的传说
诉说着鹤去楼空追忆

凭心远眺

纵有再多的心事

怕也装不进藏经的楼阁

唯有寄付

正在远行的黄鹤

捎去一些不甘

带走一些惆怅

2021 年 12 月 29 日辰时写于广州南沙

时间或者风

风是时间的河流
每一次毫不经意的掀翻
都把昨天变为今日
也把去年变成今朝
信使没有传达你的消息
有梅花的香氛在眼前弥漫

时间没有距离
是季节的风
夸张了岁月的颜色
还没有伸出手来
你便屏蔽了我的欲望
有一朵红艳的玫瑰
黑死在街角的灯箱

树以年轮的印迹
计量时间的长度
也检验风的强烈
飘在半空的叶子
如散开的书页
零乱的记载经年的悲伤

在心的远处

有一个蓝色的风口

是我动心的疼

2021 年 12 月 31 日午时写于广州番禺东湖洲

寄一串红豆

用心采集的红豆
是一串绵长的相思
从北国的雪野
从南方的红棉
从西部的珠峰
从东海的龙宫
由集聚到席卷
升腾出旗帜的昂扬

我在白天寻找
选在夜里收藏
那缕相思的深愁
还有甜香地守候
在一粒粒种子面前
我们都有发芽的理由
也有茁壮的企盼

用爱编成的心结
是一片图状的念想
日复一日地堆积
闪亮出今天的纯粹

选在无雪的冬夜

我在南方出发

把生长在心上的红豆

一片片铺展

一遍遍拉长

2022 年 1 月 3 日卯时写于广州南沙九王庙

有关诗的一些情愫

树叶站在阳光的肩头
把金色炫耀成垂落的背景
知了发春的吼叫
澎湃出诗人的灵感
瞳孔目及的每一个细节
都吟咏成律
铺展成很多个远方

星星依偎在银河之怀
让天籁静谧出嫦娥的霓彩
夜阑人静的空蒙
是诗人沸腾的灵感
黑幕裹不住燃烧的欲望
星星放肆成火把的欢畅
嘹亮出一片银河的宇宙

诗人未死
在远方朝圣者的头颅之上
在暗夜思想者的光环之中
在通向死亡的墓志碑里
那些怀恨在心的眼眸

那些罔顾生命的灵魂

那些义无反顾的死士

正在以诗的豪迈

喷薄出亘古的光芒

2022年元月2日子时写于广州南沙九王庙

对一缕月光的咏叹

黑夜爬上额头
有月光从树上倾泻
泛着水银的白光
从我的脊背漫过脚面
似是而非的消息
增添出夜的惊悚

这倒泼于天的水
冰冷而灰白
没有温度的月色
既生动不出诗人的想像
也屏蔽着凡人的冲动
让举杯邀月的计划
坍塌成又一缕惨白
迷失在干涩的树丛

你原本是洁白的天使
或者以吉祥的化身
飘洒上天的甘霖
皎洁出人类温馨的梦
现状如雪

在一片片白茫茫的世界
再也看不到月光的温柔
甚至连一点可怜的幻想
都已冻死在我温暖的怀里

月光如剑
斩杀的不仅仅是我的情仇
还有我高昂的热情
诗人的想像
包括生存的理由
既然颠覆了我的认知
干脆还我一个纯黑的世界
让我的生命不再有光
不再有光的牵连和想像

2022 年 1 月 6 日卯时写于广州南沙九王庙

月夜遐想

今夜，月光如水
今夜，思念如河
今夜，我要剪一缕月光
托柔柔轻轻的晚风
带去我的消息
有海的涛声
树的倒影
还有花开的讯息

今夜，月光如电
今夜，思念如风
今夜，我要折一纸信笺
把红豆打结成心事
或者交付与诗
或者汇聚成河
以爱之名
庄严成清白的高冷

今夜，月光如炬
今夜，思念成虹
今夜，我要燃一朵火把

让深爱的心烧成通红

如火山爆发

如太阳炽烈

让心的执念

融化成火红的热忱

2022 年 1 月 6 日辰时写于广州南沙九王庙

都匀，香格里拉及其他

在都市森林的拥挤里
在喧闹与浮躁的夹缝中
在充斥着铜臭与垃圾的广场边
我与你邂逅
在清风明月的时光
在鸟语花香的季节
在心安理得的归处
我把疲惫的身体
还有躁动的思想
连同奄奄一息的心脏
一并交付

在多彩贵州的柔情里
在都匀飘逸的云朵上
在香格里拉的山语湖
枕起你的手臂
嗅着你甜甜的气息
凭生命中最后一息的冲动
沉浸在你均匀的呼吸
在古老文化的图腾里
在现代文明的荒野中

在燥腻潮湿的腋窝下
重新找回生命的褴褛

没有钢筋水泥的压迫
没有广告牌和洒水车
没有空调机和空气净化器
也没有烧烤店和成人用品的诱惑
有的，是剑江流动的水书
有的，是斗篷山灵动的小溪
有的，是都匀毛尖沁心的香息
还有百子桥古老的乡愁

眼前，有银杏成林
一排排一列列一阵阵
如受检的方队
摇晃出金黄的喜悦
心中，有诗歌入韵
在唐诗宋词的穿越中
迈动出方步的惬意
让生命自由的伸张
清晨，揽百草青黛入怀
夜晚，听万籁俱寂于蝉鸣

如禅如茶
手捧起清明的时光

不在乎谁在谁的世界

如琴如棋

有心所属的领地

不追究哪里是楚河汉界

作于 2022 年 1 月 6 日凌晨 6 时

夜半，听一片茶叶的诉说

原本就是一片普通的叶子
如街道普通的行人一样
却被你意外的发现
成为有滋有味的追逐
我的生命由此而卑微
在变成商品之前
任由你们揉捏或粉碎
像魔幻小说里的传奇
我被你们写进故事
变成这样或那样的传说

在与树干剥离之际
我被无情的甩离母体
苟活成各种形式或模样
灿烂地挺立于橱窗
陈列在盛开的欲望里
那些炙烤的疼痛
还有蒸煮的煎熬
都随着压迫的快感
辉煌成一道道风景
装饰在你兴奋的眼里

你消遣玩味的过程

是我粉身碎骨的解构

最终被投入一把容器

一个被称为艺术的囚牢

站在沸腾的水中

我以哭泣的生命

被诗人们再次炮制

想像成绝世的相遇

你以爱之名

把我和水同时吞噬

2022 年 1 月 7 日午时写于广州番禺

狗日的生命

寒冷步步紧逼
霜天不可能自由
没有阳光照顾的生命
心会无情的死在凛冬

我一样的肉体凡胎
当然逃不过风的肆虐
我曾选择过山崖
也曾找到过绳索
还邂逅过那颗腰身很好的树
可我一直没能得逞

那狗日的生命
就像一个沿街乞讨的浪人
始终拽着我的衣袖
让躯体没有尊严的咳喘
延续在可有可无之间

当严寒袭来
我很向往那簇山崖
也一样怀念那个歪着脖子的树

还有那条闪亮的绳子
想在有生之年
策划一个生命的悲壮

这狗日的生命
一如路边的杂草
鸡零狗碎的矗立
死乞白赖的昂扬
这无法踩死的孽障
到底是为衬托他人的存在
还是另有天赋使命

有时，我想
既然没有自戕的勇气
干脆就猛烈地活着
要么冻死在旷野
要么活剥于现场
在如此高尚的抉择面前
我将以狗之名义
宣誓对人类的忠诚

2022 年 1 月 8 日上午 10 时写于宜春温汤

观《铁道英雄》有感

一道黑灰凄白的背景
一列黑灰凄白的火车
一队黑灰凄白的游击者
还有，一粒黑灰凄白的子弹
在一个凌晨的薄雾中
从眼里穿过我的心脏
深埋在心的愤怒由此而激发

世界的风景和颜色不再温暖
黑灰凄白的风伴着雪的挑衅
让我的思想尖锐而立
这绵延了一个世纪的仇恨
始终横亘于心

板结在胸的疼痛
是祖祖辈辈的延传
我收拾起填煤孩子紧握的小刀
把涂满黑灰凄白的仇恨
庄严地钉刻在一样黑灰凄白的石柱

历史不能忘记

更不能虚妄

那些根植于心的家国情仇

是爱的能力

军国主义的屠戮

还有侵略者的铁蹄

是烙在灵魂深处的印记

那些黑灰凄白交织的恐怖

贯穿着一个民族的伤口

即使仇恨可以放下

但灵魂不能再迷失

父辈和父辈的父辈们流淌的血

是我们世代的仇恨

它

可以为灭绝人性的畜生鞭尸

也可以为和平的鲜花染色

还可以为保家卫国的将士铸剑

前事不忘后事之师

在那些黑灰凄白的记忆里

一样还有更加枯败丑陋的杂音

要么以研讨之名

要么以文化之义

要么以无知为盖

虚妄历史也篡改文化

这些个虚妄历史的背叛
比之卖国求荣的汉奸
甚至那些摇尾乞怜的孬种
更是令人嗤之以鼻的娼盗
让人在唾弃中发指

此刻，我很想抄起刘洪的手枪
或者火车上填煤孩子的小刀
以一颗子弹的优势
或者一把尖刀的锋利
将那些给侵略者带路的人
还有狗
一并执刑

2022 年 1 月 9 日午时写于宜春明月山

有关逃避

当风雨来临
当海啸涌起
当危及生命的预兆得以证实
或者被识破
逃避是唯一的选择
不愿抵御
更不会奋争
在卷缩起身子的刹那
我们都够不着刺猬的尊严

我和你们一样
习惯在现实中逃避
也在逃避中习惯
夏日有火的季节
我们藏进钢筋水泥的堡垒
逃避阳光的热烈
寒风凛冽的时候
我们把躯体包裹起来
逃避自然的补给
只要能够活着
只要有残存的气息

哪怕直不起腰杆
也要守候佝偻着的灵魂

我不敢想像
如果一直逃避
一群人的逃避
一群人一起的逃避
一群人一个方向的逃避
到底是人类的图腾
还是物种的退化
在万物经天的宇宙
承受或者主宰的臆想
将是怎样的一个图状

我仿佛看到
风在逃避
树在逃避
山在逃避
河流也在逃避
一切的一切
都在以逃避的悲壮
史诗般地壮丽过眼前
作为一个物种或者符号
你将在退化中消失

2022 年 1 月 8 日午时写于宜春明月山

再别明月山

趁月光清明

趁山风柔动

趁湖水透净

我依然故我

用一贯的方式

遥望一个传说

也等待一个传奇

一个月亮的英姿

唤醒的不只是一座山的高度

还有一个城市的巍峨

轩辕宇宙的时空里

没有一朵月亮的眼神

如你

像闪电一般地把我击中

我因你而来

也因你而去

在无数次的道别里

记载着无数次的相遇

明月山再浓的雾霭

挡不住你温柔的照耀

天沐山再美的风景

也逊色于你的婀娜

每一次不舍的道别

都是为下一次温暖的再见

2022 年 1 月 9 日傍晚写于宜春明月山

你的眼神

——致明月山

你以绝世的凝眸
鼓舞起群山的巍峨
在你目及的广袤里
让山水交映
以写意的优雅如诗入韵
八百年温汤的回望
摇晃着你晶莹的眸子

你是爱情的光芒
嘹亮出生命的火焰
在你情怀所致的每个角落
有日月交融
以传奇的诉说丰满记忆
明月山所有的温情
都激动在你如海的眼里

你从遥远的天际
飘洒出人间的烟火
在你丰盈饱满的怀中
有恒温永越

以普照的方式倾泻大地

袁州人温暖的眼神

都折射在你深邃的光里

2022 年 1 月 9 日子时写于宜春温汤大酒店

明月山或者六便士

我一路走来
走过热闹拥挤的街道
走过鳞次栉比的楼宇
也走过高山越过小溪
最终没有走出你的眼眸
或许是一直昂扬的头颅
卑微了六便士的存在
没能弯下的身躯
成就出昂首的风景

明月山用一种洁净的语式
诉说着袁州的古老
那些飘动的烟云
曼妙出云姑多彩的神话
在富硒的泉水边徘徊
终究不能抵御温汤的诱惑
置身一池温软的水中
想像你明媚的召唤

我不是斯特里克兰
也不在塔希提岛
我只想远远遥望你
也让你远远地看着我

比之明亮灵动的眼眸
我更青睐那颗英红于唇间的珠
就这样一个初见的姿彩
始终照亮着我的宇宙
让垂老的心焕发出原始的天意

我仰望月亮
却贪婪地捡起了六便士
那一直高悬的梦想
都俘虏在自己的现实里
与明月山对视的刹那
远方和诗一起坍塌
矛盾和冲突涨红的思想里
一个眼神将一座山摧毁

我无法辨识
在未来的途中
我到底该仰望月亮
还是选择收获六便士
我无法想像
在我卑微的生命里
到底有多少惺惺作态的真挚
还有多少用卑鄙隐藏的高尚
或者说，那一点点尚存的美德
就珍藏在你明亮的眼里

2022 年 1 月 8 日下午 4 时写于宜春温汤大酒店

迂腐的考证

随时光经年
在变老的路上
我们慢慢开始朽钝
开始守护一些所谓的规制
在缤纷的变革中
墨守由此称谓迂腐
成为不可理喻的陈旧

其实，古董没有什么不好
在如诗的画卷里
或者被瞻仰或者被纪念
像活化石一般升腾起人间的记忆
亦如耀眼的风景
走进历史深怀的橱窗
以符号的形式推动文化的成长

遥远的无从查考
近前的无法抹去
在记忆的深处
一些迂腐不堪的例证
深深地鼓舞着生命

梅贻琦的迂腐

拒绝的不仅仅是女儿的清华梦

还有云南王龙云的沉默

一代才女林徽因的执拗

也是迂腐的另一个佐证

面对孩子的落榜

也只是例行的检查了考卷

便默默地放弃了变通

在这些迂腐至深的心里

他们高举的是不仅仅是原则

还有道德操守的节烈

时间是滚烫的历史在规则面前

我情愿被迂腐的烫死

也不愿变通的苟活

2022 年 1 月 8 日午夜写于宜春明月山

由钢筋水泥想到的救赎

一个钢筋水泥堆砌的魔方
伴随着下水道不规则的咏叹
让无奈的生命在垂死前挣扎
这些舞动着文明招牌的城市
看不见人性的流淌
也没有灵魂的温度
伫立的废墟没有表情
鼓励着我逃脱的方向

凌晨醒来的一个梦里
我看到了妈妈慈祥的微笑
来不及眨眼的瞬间
一道无光的闪电
迅即消灭了我的温暖
明明月亮升上了天空
我怎么还睡在黑色的海里

《肖申克的救赎》只适合安迪
同一片天空下
我似乎找不到那片蔚蓝
地球的距离并不遥远

横亘在心里的墙
拦截着自由的厚度
今夜我要酿出一坛琼浆
用超过百度的酒精
把荒唐的思想烧结
然后长出一双崭新的翅膀
以光年的时速
抵达自由的《太阳城》
用赤身裸体的语言
与康帕内拉对话

2022 年 1 月 11 日午时写于广州南沙九王

迟到的正义

——写在刘鑫案审判之后

正义来的确实有些晚

历时五年的等待

终于唤来了沉重的回声

没有缺席的公正

温暖出善良的欣慰

随着法锤庄严的定音

人们最终看到了正义的光芒

2000 个昼夜的等待啊

让多少善良的人们流尽了眼泪

也让多少幸灾乐祸的人笑弯了腰

我不得而知

也不忍卒读

互联网是一把锋利的屠刀

有温暖的呼唤

也有发疯的吼叫

刘鑫与江歌的悲剧

是人性底线最冷的检测

也是人类历史最耻辱的见证

蝼蚁般的人类

到底隐藏了多少丑陋和龌龊

我不敢直视

也不愿计算

一个原本就是鸠占鹊巢的人渣

在明明地害死一个无辜的生命之后

非但没有低下犯罪的头颅

居然能丧心病狂的逍遥法外

在正义和善良的等待中

一个残酷冷血的巨婴

居然身后站拥着数十万巨婴

这可怕的同类

到底还有多少逆天的合谋

在冰冷凄凉的现实中

在苍白无力的等待中

我依稀听到了牛顿的叹息

"我可以计算天体运行的轨道

却无法计算疯狂的人性"

2022 年 1 月 12 日晚 6 时写于广州番禺

冬日的哀思

寒风一天比一天凛冽

从北方传来的消息里

除了灰白的天色

还有疫情的警报

除了担心新春的温度

还有一个紧迫的纠结

妈妈两周年的祭奠

我还能否如期而至

在养育过我的先人坟前

化一些纸钱

添一些寒衣

略表一个活着的心

封冻的土地也包括河流

冻僵的有冬小麦还有我的心

在日子将近的时间里

我将使尽浑身解数

盘算一个身体的规程

高铁已经容不下我的身躯

飞机也在困顿中迷航

太多艰难的拦截

在伤害一个游子渐老的心
没有不切实际的奢望
只是想用身体的一些余热
还有在南方储备的温暖
捎给亲人一些怀想

斯人已逝
除了一些形式的纪念
我们似乎已无从表达
为了纪念的形式
我们也只好如此表达

2022 年 1 月 13 日凌晨 6 时写于广州南沙九王庙

深夜，对一盏灯的冥想

或许是上天的偏爱
属于我的夜漫长也漆黑
这厚黑的笼罩里
生命如芥草一样被碾压
在满眼荒芜的世界
深切地期待一盏灯的温暖

或许只是一张纸的间隔
屏蔽了爱的力量
灵魂深处那些不甘的欲望
亦如野草一样的顽强
张扬起自由的风帆
亮丽在心头的那盏光辉
如雅典娜温柔的手臂
迅即昂扬起生命的存在

其实，每个人都有自己的心灯
也有自己照亮的方式
生命本身就是一个巨大的围炉
在嘹亮自己的燃烧中
亦为周遭树立着光芒

或许，这一盏灯的启明

就是我们期待的太阳

2022 年 1 月 15 日午时写于贵州都匀山语湖

底线

今天我开始有些愤怒
这无关冬日的天气
本就薄凉的世界
或许不能有爱意的表达
当良善误读成虚伪
真情演绎成哄骗
人性的光芒开始沦落
象牙塔式的崩塌如昙花一现
陷落在深不可测的暗夜

放低的身子
亦如空中的尘埃
当迁就习惯成宽容
原谅必将成长为背叛
在宽阔的底线面前
越轨的诱惑始终招摇着浪漫
在颠覆规则的快慰中
宣泄人性的丑恶
人性划出过很多美丽的夜空
也在没有底线的虚妄中跌落

世界是一本流动的册页

记录美好也展览丑陋

在品位分明的格局里

我们一样被品味被陈列

要么在线上奔跑

要么在线下消失

2022 年 1 月 16 日午时写于黔桂大山深处

爱，不可以玷污

我们生活在荒芜中
我们也行走在杂草里
我们的眼睛被迷雾覆盖
我们的嘴巴也被无情地缝合
好在还有一颗糖果
包围在心的周遭
激动出一些生命的征兆

没有刻意的尾随
也没有浅薄的诱导
只是在遇见的刹那
记录了你晶莹的眼眸
或许还有那些漫不经心的诉说
深刻地贯穿了的底处心

面对一朵纯粹的花儿
由心而开的绽放
我只想捧在手里
要么静静地依偎
要么远远地凝望
那些心与心的贴近

依靠出绝世的芬芳

爱是纯洁的花朵
也是心灵的歌唱
既然是开在灵魂的玫瑰
就应该远离世俗的愚昧
哪怕是一缕风的肆虐
或者一滴雨的浸淫
都不能出现在诗和远方
更不能以爱之名
玷污我的纯粹

2022 年 5 月 10 日

魔盒

我们似乎都想把握一个魔方
用肆虐的想像
或者戏弄的手法
用一个莫可名状的追求
让自己入魔

奔腾的欲望
如黄河之水
以咆哮的力量
喷吐泥沙湍流
这罪恶的涌动
亦如玩弄的手势
在转动魔方的轮盘里
镶嵌满手的血腥

其实，所有的我们
包括眼睛毛发和酮体
在诞生的刹那
就藏匿于一个无光的魔盒
人性如杂草般滋生
欲望在无度里蔓延

爱的光芒只是一种蛊惑
让动机在把玩中弥留

毫无二致的宇宙里
只有黑白两个颜色
要么在魔盒中想像世界
要么在世界里游戏魔方

2022 年 1 月 18 日凌晨写于广州南沙九王庙

知非在流年

时间是生命的刻刀

构陷的不仅仅是眉宇间的年轮

还有那些流年的无奈

在心中堆积着的怆伤

辉映起一些斑驳的想像

知非的经年是杂陈的五味

那些青涩的影子

或者少不更事的闹剧

如桥之锁链

打结成秋收的风景

在生命拔节中宣响

曾经有过的鲜花和掌声

或许是精明绽放的果实

这些所谓的理智和成功

如昙花一现

高大且庄严地在梦中死去

想像中的爱情

未曾驾临过生命的树梢

当闪亮的幸福生出念头

迅即被风掩埋

留在心中的记忆

或者如高山耸立

或者像流水无声

尘世的沧桑是无法参透的日月

就像寺庙里的暮鼓晨钟

到底有多少清明洞开了心性

还有多少欲望横流在时间之河

在无从考证的未知里

我们不必察觉

2022 年 1 月 18 日凌晨于广州南沙九王庙

面对一只八哥的随想

记不起当年的时间
甚至连动机都无法分辨
一只黄嘴黑羽的八哥
被我囚禁在一架钢制的笼里
起初的时日
我像对待一个孩子
嚼面包也嗑瓜子
用复读机普及人话
试图把它拉拢成知己或者同谋

日子无情地掀翻
我的算盘没有如意
精心哺育多年的宠儿
除了"你好"再没生动出任何言语
如一个长跪于庙堂的臣子
或许只有山呼万岁的能力
面对这样一个知恩不报的禽兽
我在恼怒的同时
也经常陡生出一些怜悯
甚至是脆弱的同情

一只鸟与一个人的距离
一架鸟笼与一座囚牢的距离
其实就在我们生活的熙攘里
我们彼此为难
我们彼此囚禁
我们编制出一个个笼子
然后再关进曾经的宠爱

今天凌晨的这个刹那
我发现被我囚禁的鸟儿
有泪水自眼里摔落
我开始理解你的疼痛和无奈
那双原本用来飞翔的翅膀
本应该属于天空或者山野
绽放自由的天性
在贪婪的人性面前
你和我一样
终将失足在卑微的欲望里

我有时也想
即使把你放飞
你还有没有振翅的力量
我更忧虑的是
一旦飞离我的视野
你又倒在另外一块禁地

要么被射杀

要么被继续

我一直在想

到底是该无奈地活着

还是该骄傲地死去

2022 年 1 月 10 日午时写于宜春至广州高铁上

想像宋时的月亮

月光清明如河
在流淌的记忆里
那些婉转的情致
或者入怀的晶莹
飘动出明眸皓齿的微笑
镶进宋词深情的诗行韵脚
靓丽出一个时代的安逸
三百多年的岁月更迭
篆刻出太多人类的徽章
在文明的书写里
盛放出竞天的自由

比之盛唐的雄风
我更喜欢徽宗的文艺
在宣和书画的编年里
有红酥手温软的甜蜜
也有黄藤酒别样的芬芳
或许是李唐开启的万壑松风
依然盈动着无声有声的云霓
海市蜃楼的辉煌激动不出由心的喜悦
山呼万岁的惊悚动摇不了自在的开朗

我只想在目光所及的世界
有一叶扁舟
随风飘游

婉约着柳永柔美的清虚
和着李清照们委婉的琴韵
我想像着苏轼的朗阔
还有辛弃疾的沉雄
无论是儿女情长的诉说
还是家国情怀的咆哮
在情意绵绵的吟咏里
在格物致知的表达中
那些自由伸展的情怀
都凝结在情感奔腾的诗行里

月光游移着记忆
也游移起生命的朝向
穿越在宋时的氤氲里
惟愿时光倒流
化作一缕月光
或者一行字词
停留在精神的河里

2022 年 1 月 19 日晚 9 时写于涿州向阳

月夜的期待

月儿站在树梢遥望
我就倚着屋檐凝视
万籁寂灭的世界很静
只有心跳的声音
期待着你扑朔的影子
枝头摇动出微笑的姿势
升腾出屋村美丽的烟火
我知道，这是人类的目光
亮丽出璀璨的信息

我在夜晚等待
那一个幸福的回应
我在屋檐守望
那一束美丽的倾泻
我在云朵里寻找
那一双动人的眼眸
或许是那个不经意的手势
重新开启的一道亮光
让生命再度昂扬
或许是那句漫不经心的言语
激动出爱情的火烈

让深埋的情愫瞬间喷涌

月夜是一首诗
如云朵飘动的舞蹈
是蘸着相思的诉说
月夜是一阵风
用轻柔飘逸的衣袖
抚动出爱情的节奏

月亮就是你
皎洁的脸庞有些绯红
明亮的眼眸生动起羞涩
英红的唇釉晶莹着露珠
在排山倒海之际
那些奔腾的渴望
来自远古的追问
还有无法按捺的相思
如海之潮汐
用梦中的方言
排列成诗

2022 年 1 月 30 日凌晨写于广州南沙九王庙

致除夕

——写在辛丑年岁末

年复一年
历史碾过我的头颅
年味儿在文明的驱使下
明媚地颓脱着原色
让儿时的记忆成为回想

仰望着文明的星空
我想起童年的月亮
那一轮亲切可人的皎白
掩蔽在历史的天际
斑块一样的结晶在血液

不再有欣喜若狂的守夜
不再有鞭炮齐鸣的喧腾
就连五更的火种
还有拜年的姿势
也淹没在微信的覆盖里

人与年争斗的历史
刻录的不仅仅是文明的脚步

还有情感的印迹
深刻地镶进大地的胸怀
符号不是标点
那是精神的集结
由人性绽开的花朵

除去夕日的风景
没有了俗世的烟火
再隆重的节日也无法沉浸
愉悦出生命的光辉
我们迈着文明的步幅
也在时光的浸淫中消弭

耳熟能详的历史
我们只能听到一些回音
在错愕的现实里
践踏我们的
不仅是时光的铁蹄
还有文明的错落

或许，一个时代的到来
不仅仅是盛开的花朵
一样有人性的悲摧
还有时光的倒流
以及文明的逆光

与我们一起躺平的

除了人性

何止是岁月

2022 年 1 月 30 日午时写于广州南沙

春日寄语山中

摆脱钢筋水泥的窠臼

还有车水马龙的纠缠

循着山野林间掩映的烟火

追寻儿时的童趣

那些根骨茂盛的记忆

重新在血脉盈起

春日始暖

我们向阳而立

逃离充满铜臭的城市

还有浮躁尴尬的虚假

渴望清风明月的纯朴

把心植于净处

和日月同辉

在山林的深处

邂逅一款脉动的溪水

或者一片漂游的云朵

有一群亮丽的鸟儿

自由欢畅的嬉戏

羡慕一双可以振翅的羽翼

在枝柯上腾跳
在白云间遨游

2022 年 3 月 11 日晨于广州

观棋不语

时光掀翻出人类的文明
也冲刷出历史的黑暗
我们习惯于精神的前行
也昂扬起欲望的天空
车轮与眼睛始终向前
一些树和电杆向后
前景在接近时被放大，然后遗落

有些风在额头掠过
也在心中停留
树以自己的方式
记录风的姿势
那些徐徐缓缓的柔顺
或者摧枯拉朽的嘶吼
都是某个部位神经的抽搐
在亲密无间地接触中被穿刺，如芒在背

我们不是执棋者
也无法成为一粒棋子
在一盘盛大的棋局里
看不到执棋者的手臂

只有路人没有言语的围观

眼睛的肤浅是生命的卑贱

在灵魂深陷的迷局里，无可自拔

一个时代的对弈

无序是沦陷的前戏

规则被无耻所践踏

在像走日马飞田的世界里

楚河汉界等同虚设

所有的棋子都是预设的倒戈

在一个悖逆的残局里，胜者没有荣耀

2022 年 2 月 8 日午时写于广州番禺

黄昏以后

黄昏以后
我看到了太阳的不舍
那依恋的眼眸散发的光辉
是对地球温暖的抚慰
深刻着人类光年的图腾
洒在大地的最后一片余晖
再一次点燃生命的希冀

黄昏以后
月儿倚挂在树梢
皎洁出静寂的诗意
只此青黛的夜晚
好想在心底燃出一把火炬
烧毁那些肮脏的欲望
连同体内残留的腐朽
让黑暗在黑暗中消失
让光明在光明中重升

黄昏以后
花儿和花儿们掩去艳丽
连辗转腾跳的鸟儿也归于巢穴

沉默地与黑色对视
隐藏在生命深处的虫儿
豁然地长出一片翅膀
奔向嘹亮的远方

2022 年 2 月 11 日午时写于沈海高速

向阳光出发

——写在"爱与生命"诗歌部落成立之际

因爱结缘
因着生命最初的记忆
我们向阳而生
朝着有光的方向
我们聚首
用人性的温度
书写属于我们的诗和远方

这是一个有爱的部落
这是一个有情的场域
我们用心建造家园
我们用灵魂歌唱生命
我们是风
我们是一个有风的群体
我们以温润酿造甜蜜
我们以善良守卫纯正
我们以生命绽放花朵
我们以爱之名
谢绝虚假远离龌龊
也鞭打所有的丑恶和暴行

我们将沿着生命的方向

用爱的力量

营造一些温暖或者美好

这是一个爱的城堡

在一个用心呵护的世界里

我们用文字奔跑

我们用真情诉说

我们用自己的血脉

连接同胞的跳动

以心之素雅

以爱之高尚

以生命之珍贵

竖起我们的旗帜

向世界宣誓

2022 年 2 月 16 日写于广州番禺东湖洲

站台

黑黢黢的攒动里
拥挤出一些生动的绽放
坚硬冰冷的站台边
有横亘的铁轨在延伸
升腾出一些愿望或者理想
那些回家的路
还有出离的梦想

热闹闹的站台上
挥动起生命所有的念想
扁担和箩筐的担当里
间或着编织袋和密码箱的诱惑
像朝拜麦加的圣徒
坚定地奔走于生命的驿站
站台是我们的使者
我们是站台的过客

列车没有终点
只有站的记忆
碎片式的整理起悲欢离合
那些飘动的鲜花和掌声

还有心酸的泪水与往事

在铁轨的连接处集结

斑驳成一些闪亮或者锈迹

我们在站台上张望

站台在远远地向你我示意

2022 年 3 月 7 日上午 10 时写于宜春

三月的风

如嫦娥温婉的衣袖
拂开一世的倦怠
在我清明的眼里
有喜鹊跃上枝头
那些叽叽喳喳的问候
是你捎来的消息
蕴藏了一个冬天的相思
盛开在三月的风里

季节的潮汐如约而至
在三月里翻卷
也在三月里相遇
山野中竞放的花儿
沸腾出娇羞的眼眸
那些明媚的文字
从你灵动的皓齿间飘落
盛满我空洞的心怀

三月的风是温润的
像流淌着幸福的泪眼
在一滴一滴的扑簌里

敲打出遍山的樱红
那一朵朵因爱鼓舞的绽放
想必是你多情的眼眸
庄重了春天的姿色

阳光是明媚的
心灵是明媚的
爱也是明媚的
风也一样
在明媚里吹拂
在吹拂里明媚

2022 年 3 月 7 日午时写于宜春至广州高铁上

市桥河的诉说

市桥河的风
是河面涓涓流淌的水
安静也隆重地掠过
向东的方向
心静静地游移
随着水流的深处
在风中漂泊

市桥河的水
是堤岸上徐徐飘动的风
安然也灵动地流驶
向心的彼岸
爱蓬勃着思想
朝着风行的方向
在水中荡漾

市桥河的桥
是一艘停靠在心的驳船
横亘在心的河面
那些举起或者落下的锚
如工地挥舞的铲车

一桩桩地打捞起心事

让如水的记忆

在风中激荡

风是桥上的水

水是桥下的风

桥是水记录的历史

水是桥流淌的记忆

风是时间的信使

风是爱情的推手

风是生命的航标

风在水上集结

水在桥中陈深

桥在心里流彩

2022 年 3 月 13 日辰时写于广州南沙时代南湾

黄河，我对你说

你从天上来
以一瓢弱水的初心
凝聚成莽莽昆仑的巍峨

你从远古来
以一脉传承的流动
壮丽起华夏恢宏的诗篇

你从心上来
以惊涛拍岸的力量
鼓舞着生命蓬勃的雄壮

在青藏高原之上
在黑山白水之间
在所有流经的岁月里

在汾河之滨
在渭水之上
在渤海宽阔的记忆中

在半坡的草中

在龙山的风里
在秦砖汉瓦的缝隙间

那些凝结的符号
还有传奇的传说
铸就成丰碑的神话

你是一个母亲
那些愤怒的咆哮
是你喷薄而出的屈辱

你是生命的河床
再恶劣残酷的蹂躏
也无法践踏你孕育的光芒

你是沉默的
任泥沙湍流挟风带雨
也能从容地纳百川归海

你是沸腾的
那些滚滚浩荡的生命之水
是按捺不住的渴望

你是无奈的
那些龌龊的啃噬和穷尽的欲望

丧心病狂地张牙舞爪

你也是无畏的
任峰回路转九曲回肠
也依然保持永续的姿势

你从炎黄的春秋中走来
你从华夏的日月中走来
你从我的我们的心中走来

2022 年 3 月 13 日上午 9 时写于广州南沙旧镇

致木棉花

你以满目的英姿
激荡起一个春天的独舞
如一束束高高举起的火把
将生命燃烧得彤红
旗帜一般宣示着伟岸和雄浑

你以高贵的血脉
流淌出一个季节的欢歌
如一串串激情跳动的音符
让灵魂骄傲的吟咏
乐章一般交响成天籁和福音

你以节烈的品阶
坦荡出一个爱情的传说
如一张张幸福绽放的笑脸
使天空灿烂的夺目
史诗一般诠释出磅礴和豁达

你以亮节的风骨
承载起一个严冬的凛冽
如一颗颗激情澎湃的火种

为盘古开天的世界

宣言一般壮丽起威仪和高尚

你以旷世的追求

张扬出一个生命的崇高

如一面面迎风飘展的旗帜

把春天竞放的花朵

泼墨一般嘹亮开姹紫和嫣红

　　　　2022 年 3 月 19 日晚写于广州南沙九王庙

麦田的遥望

南方有火，但没有金黄的守候
北方有雪，却盛开在冻僵的风里
心中有梦，似乎已然成为一匹坐骑
被一个叫海子的诗人放逐

梵高至爱天空，就像海子深恋的德令哈
我们在麦田守望，深刻着对生命的遥寄
麦田里或许有梦，有一串暗远的马队
在金黄色的期待里，重复人类的无奈和孤独

画家不死，有颜料涂抹出不朽的世界
诗人未远，在以梦为马的生命中驰骋
天空之镜，永远照耀着那块油亮的麦田
心之深处，鲜红的血液托举起炽热的火炬

梵高是疯子吗？那些混乱的堆砌也许就是他寻找的理想
海子是孩子吗？那条冰冷的铁轨可能连接的就是春暖花开的大海
我们是呆子！在年复一年的守望里，苟活出一撮干瘪的麦粒
我们是傻子！在日复一日的企盼中，残喘着一个老旧的呼吸

我们在麦田里遥望

也在天空下深寄

那一片片沉甸甸的金黄

还有那一朵朵轻飘飘的洁白

到底是生命渴望的最终归宿

还是灵魂孤单的崇高旅程

2022 年 4 月 28 日于广州南沙

惊蛰有感

春，以春天的姿势迈动出迟缓的脚步
雷，以惊蛰的口号发出沉闷的吼声
花，以蓬勃的绽放摆脱腐败的纠缠
风，以天定的法则昭告季节的回声

田野是冷漠的，如一片片黑死的面皮
它们置若罔闻，如掩耳盗铃
它们无动于衷，在暗夜沉睡
它们表情麻木，犹僵尸横竖
它们，或许是他们
是否在用一场雪的肆虐
用苍白的理由漠视生命的苍白

雨水是暧昧的，如一行行粉饰的泪光
它们自天而下，似甘霖抚慰
它们携风带电，亦如雷贯耳
它们随心所欲，恰孤芳自赏
它们，或许是你们
可否择善而从替天行道
让世间多一些清明的亮丽
小草是勇敢的，如一群群鼓舞的斗士

它们破土而出，像雨后春笋

它们昂扬挺立，似列队誓师

它们百折不挠，如星星之火

它们，或许是我们

在肆意践踏百折不挠的折磨中

挣扎出一个生命的微笑

惊蛰里，我们仰望春天

我们聆听春雷的轰鸣

我们沐浴春雨的滋润

我们专注小草的葱茏

或许，正是那一簇簇不经眼的生命

才是我们不息的力量

2022 年 3 月 4 日晚 9 时写于宜春

活着

——观《人世间》有感

生命中没有预设的套路
那些倔强的背影或者佝偻的身子
还有高昂的头颅或者躬身的脊梁
这些活着的剪影或者诗篇
如丰碑式的记忆
编年在历史的橱窗

生命是一条宏大的河流
没有伟大与卑微的刻度
也没有高尚与低贱的分界
在称心与无奈之间
我们都努力地寻找一片光
还有那些鼓舞我们行走的精神
或者诱惑欲望出走的灵魂

父辈的眼神是一条深长的延线
在母体的遗传里滋养成苗壮的思想
阳光照亮的黑暗里
在转角处埋伏起一些生机
天使和乞讨者都在瞬间苟活

误解和权利的游戏轮番上演

清明上河图被涂抹成抹布的颜色

高调地招摇在酒肆的肉档

生命如歌的吟咏麻木出精神的痹症

在拼争和跋涉的叹息间

我们仰望一些华贵的绽放

被漠视的，何止是花瓣的凋零

还有落叶垂死的告白

生命有时就像一棵枯黄的水草

无奈或者无助地卷入逆行的河流

在未知方向的流淌里

能够陪伴我们的

只能是凌厉的寒风

崎岖的山路

还有孤独的旅程

我们都在漂泊

漂泊在未知的河流

没有方向，也找不到坐标

2022 年 3 月 6 日写于宜春温汤镇

四月的雨

柔柔的，同堤岸弯弯的柳枝
明媚出一个季节的情丝
风以满目的呢喃
催发春天的相思
那些披挂在腮边的润泽
闪亮出一串串悦耳的诗行
倒挂在嫩绿的枝丫

细细的，如出水芙蓉的发丝
流淌出一双多情的眼眸
雨以绵密的姿势
编织爱情的细节
那些淅沥在耳边的情话
生动出一个个缠绵的故事
荡漾在甜蜜的心里

软软的，若含情脉脉的唇釉
晶莹出一排齐整的皓齿
便以雨露的滋润
均沾干涸的土地
那些戚戚在心底的私语

酝酿出一张张舒心的笑脸

绽开在春天的花丛

轻轻的，似缓缓升腾的烟雾

迷蒙出一幅山水的画卷

状如甘霖的飘洒

滋生万物的蓬勃

那些耿耿于怀中的企盼

盈动出一片片醉人的芬芳

辉映在清明的心里

悄悄的，像默默来临的月夜

清脆出一首沁心的乐曲

漫不经心的嘀嗒

组成音符的交响

那些经久不息的弹奏

掀动出一章章动人的咏唱

回荡在季节的风里

2022 年 4 月 2 日下午 5 时写于广州南沙时代南湾

梦中，我做了回英雄

一匹红眼直立的绿马
瞬间昂扬起早已暗淡的瞳仁
横亘在心的惊慌，恐惧，还有巨大的羞辱
顷刻间热血沸腾
我以一根牙签的利器
迅即将绿马的红眼戳瞎
然后跃上马背风驰电掣
我知道我是在做梦了
此刻的我已经置身一个笼中
一个铁皮裹紧的容器

以梦为马的日子逍遥快活
在诗和远方的交替中
赏尽玉宇琼浆，还有花间月色
海以海的波涛润色蓝天白云
天以天的胸怀抚慰人间万物
阳光之下没有黑暗
没有恐惧，也没紧张和胁迫
我挺举着千万朵鲜花奔驰
去寻找上古世纪我最爱的女人
我知道我一直在延续一个梦

一个没有人可以叫醒的错觉
那是即将在废墟中绽放的花朵

我的诗骑在一匹马上
那是一匹绿色红眼的畜生
马蹄上拴满了弓箭和弯刀
在一个白色无光的手术室里
解剖我的诗，还有我巨大的心脏
绿色的血液从马蹄的装甲中流淌
然后镶进它红色的眼里
我知道我在苟且着一个梦
既然不想睁开一片浑浊
何不在这幸福的瞬间死去

梦中，我成了一个英雄
一个属于我自己的英雄
双腿站立，像人一样的高大
白衣，绿马，还有红眼，黑叉

2022 年 11 月 6 日午时写于广州南沙九王庙

呐喊

——致鲁迅

您是灯塔
以一盏光的热力
温暖着一个民族的魂灵
徘徊在冰冷的暗夜
你用一支笔的辛辣
吼喊出一个民族的向往
不，那是一把把刺骨的投枪
狠狠地扎在冻结的风里

您是火炬
以一己生命的燃烧
沸腾起一个世纪的精神
目睹着将死的同类
你用一生的挚爱
照射出一个璀璨的星空
不，是那一行行带血的文字
深深地烙在民族的心里

您是旗帜
以一个屹立的身姿

升腾起一个时代的理想

饱蘸着生命的炽热

你用一个买药的故事

鞭笞在一个陈旧的伤口

不，是那一个个冒着热气的人血馒头

惊艳地亮丽在失明的眼里

您是号角

以一世雄浑的呼唤

集结起一个民族的凝聚

触摸着凄凉的散沙

你用一腔民族的热忱

呐喊出一群生命的呼救

不，是那一篇篇张扬着爱的文字

脆裂地炸响在失聪的耳鼓

您是丰碑

以一座思想的雕刻

撰写在一个民族的记忆

行走在血色的黄昏

你用一管秃颓的钢笔

书写出一个不朽的交响

不，是那一组组跳动爱的脉搏

巍然地活化在历史的扉页

2022 年 4 月 7 日上午 9 时写于广州南沙九王庙

五月的花

五月的花

盛开在仲夏的眉梢

激动起一个日月的欢歌

相思鸟跃出山林

腾跳出一些火热

那些似曾相识的情愫

随心跳的起伏

沉浸在季节的风里

五月的花

辉映在热切的眼眸

交织出春风与夏日的等待

随风滋生的花蕊

掩映在透明的花瓣

那些个跳动着青春的生命

和着风的舞动

沐浴在阳光的怀里

五月的花

绽放在沉深的梦里

嘹亮出一个古老的童话

石榴探出一身火红

期待盛夏的洗礼

那些象征着爱情的玫瑰

早在仲春的时节

发端于有爱的心上

五月的花

流淌在时间的风中

交响于一曲醉人的旋律

音符跃出琴键

共鸣于心上的节拍

那只跳动在心头的鸽子

簇拥在肩的枝头

欢快地在风里起舞

五月的花

镶嵌在生命的河里

凝练成世间最美的图腾

所有绚丽的花朵

都由灵魂自由的开放

蕴藏在心底最初的渴望

沸腾出人间的瑰丽

亘古成亮丽的诗和远方

唐山，在黑暗中等待黎明

公元 1976 年 7 月 28 日的那个夏夜
曾经的唐山被黑暗裹挟成墓地
坍塌成一地的废墟
人们期待的黎明没有到达
习惯上班的闹钟没有掀响
就要上学的孩子还没来得及叫醒
甚至连报童都没有上路
黑色瞬间压碎了他们的灵魂
随之坍塌的，除了眼睛
还有我们人类的底线

然而，然而，然而
在时隔近半个世纪的今天
唐山又以一种更惨的烈度
撕开了所有人类的心
一张张图片，一段段视频
一行行文字，一串串泪水
一阵阵激愤，一次次冲动
那可是众目睽睽光天化日啊
那可是朗朗乾坤明目张胆啊
那可是天良丧尽人性皆无啊

一双双挥举的拳头

一串串飞起的腿脚

一个个扭曲的灵魂

当然，还有一双双冷漠的眼睛

一颗颗垂败冻僵的心

朴实的人类啊

或许无可避免天灾的降临

但对同类的蚕食，我们不能沉默

这人神共愤的嚣张啊

这肆无忌惮的暴力啊

这灭绝人性的跋扈啊

是谁给了你们生命？

是谁培养了你们的兽性？

又是谁扭曲了你们的魂灵？

唐山啊唐山

在一次又一次这样和那样的震颤中

你流淌着自己不堪的记忆

也一遍又一遍刷新着人类的痛点

这些载入历史的悲恸

也将载入记忆的河流

我们祈愿人性的回归

我们祈愿阳光的普照

我们祈愿黎明的到来

我们祈愿，唐山早一点醒来

我们祈愿，人类早一点复苏

我们祈愿，上天早一点睁开眼睛

我们祈愿……

2022 年 6 月 12 日上午写于广州南沙时代南湾

六月的雷

雷自天上开裂
击打在心的深处
眼球中滚动出的串串花火
都是撒旦的利刃
蓬勃出骇人的深刻

雷在心中炸响
茁壮成鲜艳的玫瑰
深插在苍天的眼里
听不见清脆的炸响
找不到天空的蔚蓝
甚至连一片直立的荷
都无法融入这六月的心扉

雷从远方爆破
侵入耳鼓的姿势很美
咆哮成一个彪形的屠夫
没有刀斧或者佩剑
一样庄严成罪恶的雕像
和着酷暑的炽烈
让六月的天空布满雷阵

猩红出一个季节的淫威

雷在梦中醒来
霹雳般娇艳出一个夏季的神话
没有惊悚的撞击和捶打
没有恐怖的笑声和谄媚
想像着一朵朵孑然静白的荷仙
在心中漂流
在眼里绽放

2022 年 6 月 15 日下午 4 时写于广州番禺

闲人物语

城市高耸起疲惫的烟熏
让拥挤在沙丁鱼罐头里糜烂
颈项支撑不起头颅的沉重
压迫激励出眼睛的出离
山的远处有高昂的水草
还有一溪盛开的云朵
能在东坡的怀里弈棋

汽车排放出太多的文明
让呼吸在排气管的挣扎里平息
瘟疫排山倒海般肆虐
生命如过街之鼠无向逃匿
渴望蜕变成一只林中之鸟
抑或不知名状的昆虫
展翅于枝桠无忌
腾跳于叶草自由

拥挤的人类苛刻出獠牙的恐惧
颠倒着魑魅的神话
人畜失据的市场里
粪便是唯一的充斥

奢望是一杯老酒
点一盏灯油
对一湾新月
掬一抔溪水
邀李白畅饮
喝干长江激流
饮尽黄河浊浪
然后幻化成风
如云飘散

2022 年 10 月 8 日午时写于广州南沙

贼说

如同五脏六腑的杂碎
深嵌在身体的暗处
让我们无法直视的
还有一个个潜伏的贼
如蜈蚣在行百爪挠心
那些昂扬闪亮地扑捉
让欲望在袖口中窃喜
或许正是这悖世的无常
才壮丽起卑微的盗窃

天下无贼的寄望
是孔乙己们的美丽舌簧
窃书不算偷的狸论
让人类荒芜着伦常
也让肮脏的腐臭盛开出骄艳
那些溢美的词藻
还有迷人的技巧
逐渐鼓励出更加豪横的抢夺

盗取具备的不仅仅是胆量
更需要老练的技能

入室当然不可手空
信手拈来的物件
早已在心中惦记了良久
时间是据为己有的长度
什么你的我的他的
只要我喜欢我就会伸手
直到我悄悄地占有
贼道在暗黑处猖狂
也在光天化日之下穿行
普天之下莫非贼道
贼说贼道很有贼道理

2022 年 9 月 13 日午夜写于广州南沙时代南湾

山语湖夜读苏东坡

西风东渐

迷乱和欲望扎堆起舞

乌黑茂密的天幕下

一个孩子在清晨走失

天真和稚气是折断的双翼

涂满伪装的酮体里

斑斓出潮汐的腐朽

此刻，我有点想入非非

想寻一方朗阔清明

在梦中与东坡先生共饮

斜倚在山语湖的枝丫

酌一杯清冽火液

咀嚼一块酥软的肉肘

山林无语，有风掠过耳际

湖水宁静，有诗在风中独立

在清明爽朗的夏夜

与山水为伴

邀东坡弈棋

不再有楚河汉界的庄严

也没有是非黑白的论理

惟琼浆玉液的召唤

还有嫦娥的翩跹

快意成人间最美的烟火

那些成败得失的取舍

还有进退两难的维谷

都在推杯换盏间遗忘

流动在飞扬的诗行里

山因雄浑博大而无形

语到深处而呐止

湖在心中涤荡

安然也豁达地装点春秋

2022 年 8 月 31 日午时写于贵州都匀香格里拉山语湖

故乡与泥土

故乡是一条深长的根

被记忆堆积成一本巨著

横亘在秋天的眼帘

那些发黄的页面

是篱笆掩映着的祖先

在泥土里挣扎的倒影

一抔黄土的落寞

装点出文明的胜境

醉倒在灵魂的荒芜里

梦中摇晃的院墙上

飘荡出一些优越的水草

有些鱼儿招摇过市

向猫或者狗儿递出一些挑衅

和谐出一个村庄的黎明

泥土在故乡中堆积

故乡在泥土里故我

渐行渐远的风景里

有树梨花盛开在迷蒙的空

2022 年 7 月 9 日中午写于石家庄至广州 G341 高铁上

蚱蜢的秋天

满眼的金黄
如带甲的城池
摇晃出宫殿般穷尽的诱惑
不可语冰的绝望里
升腾出夏虫的哀鸣
秋以圆舞的曲式
图腾或者谢幕

有蚱蜢掠过
扎进如芒的眼里
稻田褴褛着衣衫
以荒芜的姿势伫立
秋色愈深的昂扬间
禾谷垂败着头颅
以诗祭拜远方

蚱蜢等不到冬天
便以三季的附体
贻笑于孔庙的威仪
在无知无畏的传奇里
消遣春的暧昧和夏的恣肆

秋的膜拜是一首挽歌

也是衰亡的序曲

当冬天来临

当庄严挺立

当生命集结

蚱蜢必死

那些自由于天的生灵

就会昂起颈项

为四季讴歌

2022 年 6 月 28 日深夜写于广州南沙时代南湾

后记 想像成诗

——关于出版前的一些闲言碎语

离开工作岗位刚好三年时间，我用一部手机，还有敲打的有点发麻的手指，随心所欲地把闲暇之余的空白、酒后酩酊的姿势、醒来无语的兴奋，还有与妈妈对视的感动，慢慢地收集起来，便有了今天这本《听风的日子》。

每个人的生命自从被父母点燃的那刻起，便开始以自己独特的方式生长或者毁灭。风是时间的河流，也是灵魂的陪伴。在山巅，在旷野，在林间，风以季节的姿势和张力击打我们的身心，让灵魂一次又一次妥协。面对生活的现实，就像面对天灾和劫难一样，我们无法选择，甚至连惊恐的时间和资格都没有。有时，我经常与家养的一只八哥对视，从它欲飞又止的状态里，从它暗自私语的呻吟中，从它欲哭无泪的闪亮间，感受着生命的无奈。在彼此囚禁的世界里，我常常想到生命，想到救赎，想到自由。由是，我更关注城市，关注乡村，关注人群，关注一切与人相关的事件和情绪。我有时想，这也是一种生命燃烧的方式。于是，我开始以涂鸦的方式进入诗行，让想像成诗，成为与世界、历史、事件乃至灵魂的交流表达。

每个人的成长都离不开属于自己的窗口。我们在窗口看到的，有很多时候不一定都是风景，而是自己灵魂的影子。前年九月，我回到生我养我的燕赵故土，用三个月的时间与母亲作最后的诀别。对于一个年迈的生命，我清楚所有的努力都无能为力。惟有陪伴，或者默默地对视。记得好多个夜晚，我都是流着泪一个个敲下一行行文字，一笔笔记下这母子的情感，一声声敲响对亲情的不舍和深刻的眷恋："我应当庆幸／在我游走了数十年之后／我依然有家可归／可以贴近妈妈的耳朵／喊出这个世界最亲切的称谓。"每每回顾起自己的成长，我都会感念母亲，感念这个始终鼓励我成长的生命窗口。或许，从我降生的那刻起，妈妈便把我人生的轨迹规范成了一个又一个必须看见的窗口，让我瞭望、凝视、发现……

值新诗付梓之际，十分感谢杨克老师和好友亓安民为本书作序，他们都是我创作的师长和生活中的好友。也十分感谢走进我作品和灵魂的所有亲人和朋友，这些走进我生命视野的窗口或者风，都将随着《听风的日子》的面世，凝结于风的吹送。是这些温柔的吹拂，清凉的扬抑，或者明媚的舞蹈，让一篇篇文字绽开了生命的姿彩。

夜半，有风掠过……

作者

2022 年 6 月 21 日下午于广州